新潮文庫

# ヴェルレーヌ詩集

堀口大學訳

新潮社版

126

# 目次

## 土星の子の歌

ウーゼェヌ・カリエールに(序詩)……一四
かえらぬ昔……一五
三年後……一七
ねがい……一九
倦怠……二〇
よく見る夢……二三
ある女に……二四
パリ・スケッチ……二五
煩悶……二六
夜の印象……二八
グロテスクな人たち……二九
沈む日……三三
センチメンタルな散歩……三四
歌垣夜宴……三六
秋の歌……三九
女と牝猫……四〇
おぼこ娘の歌……四三
夕ぐれの時……四四
地下の市……四六
あるダリア……四九
接吻……五〇
パリの夜……五三

## 艶かしきうたげ

月の光……六二
パントマイム……六三

草の上……………………………………………………………六四
小道………………………………………………………………六六
そぞろあるき………………………………………………………六七
洞窟のなか…………………………………………………………六九
初々しい人たち……………………………………………………七〇
お供のものども……………………………………………………七一
貝がら………………………………………………………………七三
スケートしながら…………………………………………………七五
傀儡…………………………………………………………………八〇
恋びとの国…………………………………………………………八二
舟の上………………………………………………………………八三
フォーヌ……………………………………………………………八四
マンドリン…………………………………………………………八五
クリメーヌに………………………………………………………八七
ふみ…………………………………………………………………八九
呑気な恋人たち……………………………………………………九二
コロンビーヌ………………………………………………………九四
地に堕ちたキュピド………………………………………………九七
忍び音に……………………………………………………………九九
わびしい対話………………………………………………………一〇〇
やさしい歌
沈みがちな気持の…………………………………………………一〇四
黎明がひろがり……………………………………………………一〇五
消え行く前に………………………………………………………一〇八
白き月かげ…………………………………………………………一一〇
汽車の窓から………………………………………………………一一三
後光の中の…………………………………………………………一一三

炉のほとり……………………………一三五
本当を言えば……………………………一二六
酒場のもの音……………………………一二八
そうしましょうね？……………………一二九
それは夏の明るい………………………一三一
つれない世路を…………………………一三三
冬は終りに………………………………一三四


無言の恋歌

忘れた小曲
その一（そはやるせなの……）…一三八
その二（ささめきの声は……）…一三〇
その三（巷に雨の降るごとく……）
………………一三一
その四（そうなの、赦しあうのが）
………………一三三
その五（白魚の細き指の……）…一三四
その七（たったひとりの……）…一三五
その八（広い野に……）…………一三七
その九（川ぎりとざす……）……一三九
夜の鳥……………………………………一四〇


水彩画の章の内

グリーン…………………………………一四九
スプリーン………………………………一五〇
ストリーツ
その一（マドロスおどりを……）一五三
その二（やあ！　往来が……）…一五四

乙女妻……一五五
若い哀れな羊飼い……一五七
ビーム……一五九
ロンドン・ブリッジ……一六一

## 知恵

初版の自序……一六四
巻の一
1（黙々と馬を駆る……）……一六六
5（女たちの美しさ……）……一六八
6（おお、君たち……）……一七〇
7（終日照り続けた……）……一七二
8（安易ながらも……）……一七三
16（君がためにと……）……一七五
17（いとも小さく……）……一七七
22（わが魂よ……）……一七九
巻の二
1（おお、わが神よ……）……一八二
4
その一（神われに宣いぬ……）一八七
その二（われ答えて言いぬ……）……一八九
その三（——われを愛せ！）……一九一
その四（——主よ、そは過ぎたり！）……一九三
その五（——われを愛せ……）一九四
その六（——主よ、われ怖る……）……一九六

その七（――そは可能なり……）……一九八
その八（――ああ、主よ……）二〇二
その九（――哀れなる魂よ……）……二〇三
巻の三
3（希望は家畜小屋の……）……二〇四
4（おとなしい孤児として……）……二〇六
5（暗く果てなき……）……二〇七
6（屋根の向うに……）……二〇八
7（なぜかは知らぬが……）……二一〇
9（とぎれとぎれに吠えながら……）……二一三
13（生垣はむっくりした……）……二一四
15（大寺院よりも……）……二一五
昔と今
詩法……二二〇
厭な奴……二二三
愛
或るやもめの言葉……二二八
リュシアン・レチノア詩篇
1（私の息子は……）……二三〇
5（愛に夢中に……）……二三三
10（彼、スケートが……）……二三四
13（よかった、やっと……）……二三五

20（慈善病院の……）……二三七
平行して
無実の印象……二四二
同じく　又……二四四
奉献
E……に与う……二五〇
幸福
この陽気すぎる男に……二五四
正直な貧乏人よ……二五七
靄こめて……二五九
一生がもし……二六一
彼女を讃える頌歌
心しずかに……二六六
罵詈
メッツ……二七〇
解説……二七二
あとがき……三〇一
年譜……三〇四

# ヴェルレーヌ詩集

# 土星の子の歌

## ウーゼェヌ・カリエールに

### 序詩

名に恥じぬ古い時代の《聖人》たちは
信じておった（当るも八卦《はっけ》）、
天空に吉凶禍福《きっきょうかふく》読みとりうると、
星の運勢身に受けて人は各自《てんで》に生れてくると。
（夜空にさぐる星占《ほしうら》の神秘の説も、幾度か、
深い心は解し得ぬ浅墓びとには嘲笑《わらわ》れた）
さるほどに神降《かみくだ》し占者《うらない》たちの飯《めし》の種《たね》
凶《まが》つ土星の気を受けて生れた者の一生は
不幸苦労のどちらにも事は欠かぬと
何やらの古文書に見えているとか。

※Eugène Carrière は一八四九年生れのフランスの画家。ヴェルレーヌと親交があり、白い頬ひげのある晩年の詩人の肖像が残っている。この詩に

病的な《空想力》が働きすぎて
《理性》の努力も無駄《むだ》とやら
此奴《こやつ》らの血液たるや、毒薬ほどに利《きき》がよく
溶岩ほども燃えていて、乏しいままに沸《わ》き立ち流れ
悲願の《理想》焼き亡《ほろ》ぼすと。
《土星の子ら》は不幸《ふしあわせ》、生きるも死ぬも不幸
(不死の奴なら別格だとさ)
生涯の構図の線をことごとく
悪い《感化》が引くからだとさ。

は、自分を不運な宿命に生れついた土星の子のひとりと判断し、悲しい未来を予想、青春時によくある絶望感が歌われている。＊不死の奴なら別格だとさ—フランスでは、アカデミー会員を「四十人の不死の人たち」と呼んで尊敬するが、若いヴェルレーヌにはそれが気に入らなかった。

*A Eugène Carrière*

## かえらぬ昔

思い出よ、思い出よ、僕にどうさせようとお言いなの
か?

その日、秋は、冴《さ》えない空に鶫《つぐみ》を舞わせ
北風鳴り渡る黄葉《こうよう》の森に
太陽は単調な光を投げていた。

僕らは二人っきりだった、僕らは夢見心地《ごこち》で歩いていた、
彼女も僕も二人とも、髪の毛も胸の思いも、吹く風になぶらせて。
ふと僕のほうへ思いつめた瞳《ひとみ》を向けて、さわやかなその声が尋ねてくれた、
「あなたの一番幸福な時はいつでした？」

彼女の声はやさしく天使のそれのように朗らかに響き渡った。
僕の慎《つつま》しい微笑がその問に答えた、そして
遠慮がちな気持で僕はその手に接吻《くちづけ》した。

※原題のNevermoreは英語。多分、この詩の作られた当時、ボードレールの翻訳でフランスに伝えられたA・ポーの『大

——ああ、なんと、咲く初花《はつはな》のかんばしさ！
ああ、なんと、恋人の唇《くちびる》もれる最初の応諾《ウィ》の
うれしくも、やさしくも、人の心にささやくよ！

*Nevermore*

鴉』のリフレインからの思いつきだろうが、この詩は、ボードレール風でも、ポー風でもなく、ヴエルレーヌ独特の気品と哀愁が感じとられる。

## 三年後

朽ちて危《あや》うい柴《しば》の戸押して
小さな園へ僕は入った
朝の日かげはやさしくあたりを照らし
花の一つ一つに露がきらめいた。

何一つ変らなかった。あの日のままのすべてを僕は見《み》出《いだ》した、

生《は》えからむ蔦《つた》の青葉のトンネルと、その下の籐《とう》の椅子
……
噴水は今日《きょう》もなお昔のままに、銀いろにささやいて、
はてしない嘆きの歌を歌いつづける一本《ひともと》の老木《おいぎ》の柳。

ばらの花昔のままにわななけば、昔のままに
ほこりかに、百合《ゆり》の花、風にゆれ。
往来《ゆきき》する雲雀《ひばり》さえ昔のそれと変らない。

あまつさえ僕は見出すのであった、並木の奥に残され
て
昔のままに石膏《せっこう》の剝《は》げ落ちたヴェレダの像を
——木犀草《レセダ》の花のたよりない香りの中にはかなくも。

*Après trois ans*

※ヴェレダの像を——Velléda は古ローマのヴェスパシアン皇帝統治下のゴールの巫女であり、女予言者であったが、キヴィリスの謀叛を助け、ローマに捕われの身となって世を終ったが、民衆渇仰の的となった。パリのリュクサンブール公園にはメンドロン作の見事な大理石像があって有名だが、ヴェルレーヌは多分この像が好きだったのだろう。

## ねがい

恋の手ほどき！　そのころの、初心《うぶ》な相手の女たち！
髪の毛は金、ひとみは碧《あお》、花ざかり肌《はだ》は花いろ、
むせるほど嬉《うれ》しい若さの体臭の鼻突く中の
愛撫《あいぶ》の仕草、ためらいがちなぎごちなさ！

ああ、わびし！　あの気軽さも、すなおさも
遠い昔となり果てた！
やるせないほど退屈な思いの冬に沈む身に
昔の「春」がなつかしい！

見たまえ、独《ひと》りして今あるわれの哀れさを、
伴侶《つれ》もなく、独りさびしく、ひしがれて
老爺《ろうや》ほど心は冷えて

姉もたぬ孤児《みなしご》ほども貧しげに。

今つくづくと欲しいのは、恋に巧みで温かく
やさしくて心こまかく、栗《くり》いろ毛、
物に動ぜず、時あって幼児《おさなご》に対するように
額に清く接吻《くちづけ》をしてもくれるひとりの女。

*Vœu*

## 倦《けん》 怠《たい》

羽根ぶとんの上の恋のいくさごっこ
ゴンゴラ

たしなみを、たしなみを、たしなみを！
愛する女よ、狂おしい興奮をいささかおちつけたがよ

い。
悦楽の最高潮にあってさえ、時に女は、
妹のやさしさを忘れてはなるまいよ。

もの憂《う》い風情《ふぜい》、ねむたげな手の愛撫。
ためいきは静か、まなざしはやさしくあれ。
知るがよい、激しい抱きしめも、なやましいひきつけ
も、
長い接吻には及ばないと、よしたとえ偽りの接吻であ
れ！

しかしまた女よ、そなたの黄金の胸乳《むなぢ》深いあたりに
燃えさかる恋情はいくさ笛鳴したて寄せくるという
か！
あばずれのそんな女に耳かすな。

額《ひたい》をひたいに、手を手のなかに、
さて明日《あす》は忘れるはずの誓いをおたて
恋い狂う炎の女よ、では、ふたり、泣きながら夜明け
　を待とう！

*Lassitude*

※エピグラフ（題銘）のゴンゴラ Luis de Gongora（1561〜1627）は、スペインの詩人。

## よく見る夢

不可思議に身にしみるこの夢を、僕はたびたび見るの
　です
僕が愛しそして僕を愛してくれる、しかも見知らぬひ
　とりの女
しかも見るたび同じでなく、しかも全く別でもなく、
しかも僕を愛し、しかも僕を理解するひとりの女。

その女《ひと》は僕を理解し、その女《ひと》にだけ僕の心は透明です。
その女《ひと》にだけ僕の心は不可解でなくなります、
僕の青ざめた額の脂汗《あぶらあせ》も
その女《ひと》だけが涙で清めうるのです。

その女《ひと》の頭髪《かみのけ》が何色か僕はじつは知りません。
その名さえ僕は思い出せません、
ただ一つその名には、義理で別れた恋人の名のやさしさがあるとより。

彫像のまなざし、それがまなざしです、
その声は、遠くかそけくおごそかに、
黙ってしまったなつかしい昔の声をさながらです。

*Mon rêve Familier*

## ある女に

あなたのものよ、これらの詩句は、
甘やかな夢がのぞいて笑ったり、泣いたりしている
み瞳《ひとみ》のやさしさゆえに、み心の清潔ゆえに、生れ出た
　これらの詩句は、あなたにと捧《ささ》げまいらす、かなし
　みのドン底の歌。

日も夜《よる》も憑《つ》いてはなれぬ厭《いと》うべきこの悪夢
いよいよに狂おしさ、妬《ねた》さのまさり、
狼群《ろうぐん》のごと数まさりつつ追いすがり、
わが運命に噛《か》みついて血を流すまで終るまい！

わが胸のこの苦しさに較《くら》べたら
エデンを追われた原人のあの悲嘆なぞ

さながら牧歌！

よく晴れて暖かい九月の午後の空に飛ぶ、
燕《つばめ》たちより軽いのが、あなたにかかるご迷惑、
——恋しい女《ひと》よ、ねえ、あなた！

*A une femme*

## パリ・スケッチ

フランソア・コペに

鈍い角度の天上から
月光の鉛の色が降っていた。
とんがり屋根のてっぺんから
もくもくと黒いけむりが切れ切れに

5の字の形に立っていた。

空は灰いろに曇ってた。北風が
チェロの音色《ねいろ》で泣いていた。
遠いところで寒がりの内気な牡猫《おねこ》が
泣いていた、妙にひ弱な声立てて。

僕はと言えば、歩いてた。
ガス灯の青い炎のまばたきが見おろす下を
大プラトンを、フィディアスを、
サラミナを、マラソンを夢想しながら。

*Croquis Parisien*

※コペ François Coppée (1842～1908) は、フランスの詩人、劇作家。

## 煩《はん》悶《もん》

自然よ、お前の何ものも僕を感動させないぞ。
ものを育てる畑《はたけ》も、夕べ赤々と聞えてくるシシリア風
　の牧歌も
はなやかな朝日のひかりも
夕日のものうい荘厳も。

僕は冷笑する、芸術を、人間を、詩を、歌を、
ギリシアの神殿を
うつろな空へと背のびする寺院の塔を。
悪人も善人も一視同仁同じに見る。

僕は神を信じない、あらゆる思想を否定する、
さてまた昔ながらのいたずら者、恋愛についてなら、
ただ聞くだけでうんざりだ。

生きることにも疲れはて、死ぬことはなお怖《おそ》ろしく、

漂う小舟さながらに波のまにまに満《み》ち干《ひ》の潮の玩弄物《がんろうぶつ》、
魂は忌わしい難破《なんぱ》に向って船出する。

*L'angoisse*

## 夜の印象

雨の夜更《よふ》けの灰色の朧《おぼろ》にかすむ遠空に
ほんのりと塔と風見をのぞかせる
灯かげも見えないゴチック風な古代都市。
荒野原。絞首台には幾人も
いじけた死人がぶらさがり、
貪食《どんしよく》な小鴉《こがらす》の嘴《くちばし》のついばむままに
闇中に各自勝手《てんで》な船頭おどり《ジーグ》こそ踊っているが
足先は、狼《おおかみ》どもの好餌《こうじ》となって食われてる。
暗澹《あんたん》とした粗描《あらがき》の背景の前

茨《いばら》の藪《やぶ》はそこかしこ、柊《ひいらぎ》は右や左に
忌わしい棘《とげ》の枝葉を茂らせる。
さるほどに、青い顔した三人の
はだしの囚徒取りまいて
二百に余る刺股《さすまた》兵
唐鋤《からすき》の刃もさながらの大だんびら
手に手にかざし
降る雨あしにさからって、きらめかせ
進んでまいる。

*Effet de nuit*

グロテスクな人たち

ご連中、足以外の乗り物《あんよ》はご存じなしさ
全財産が眼光の黄金《おうごん》というわけ

おんボロ姿でいそいそと
冒険をさがし歩いて日を暮す。

賢人は、あきれかえってたしなめる。
気早な愚人は気まぐれな狂人どもよと同情する。
子供は彼らに舌を出し、
娼婦《しょうふ》は彼らをあざわらう。

なにしろ見るから厭《いや》らしい、おまけに馬鹿げてさえ見
　える、
そう言えば、その上不吉にさえ見える、
なるほどそうです、暮れ方になぞ、
悪夢を見ている思いがする。

甲高《かんだか》く彼らは託して歌うのだ
胸の思いをギターの絃《いと》に、

鼻声の彼らの歌は
変てこながら、ノスタルジックで反抗的。

彼らの澄んだ瞳《ひとみ》には、——不思議にも——
いっしょに泣いてる笑ってる
永遠な事物に対する熱情が
古人に対する敬愛が、古代神へのあこがれが！

——行くがよい、休みを知らぬ浮浪者よ、
深淵《しんえん》と砂利原越えてどこまでも
呪《のろ》われた不吉の影をひきずって
天国からは見はなされ！

昂然《こうぜん》と君らに眉《まゆ》を上げさせる
誇りに満ちた幽愁を
罰してくりょうと「自然」まで

人間どもに加担して、

君らの激しい大望を
瀆神《とくしん》と見て復讐《ふくしゅう》し
呪われた君らの額《ひたい》に傷つける
手荒な自然の暴力で。

年々の六月は、君らを骨の髄まで焼き、
十二月めは凍らせる、
高熱は芦《あし》の葉にさえ血を流す
君らの五体を苦しめる。

あらゆるものが君らを拒否し、
あらゆるものに君らは傷つく、
やがて君らの死が来る日
骨と皮、冷たい君らの遺骸《いがい》には

狼さえが寄りつくまい。

*Grotesques*

## 沈む日

たよりないうす明り
沈む日の
メランコリヤを
野にそそぐ。
メランコリヤの
歌ゆるく
沈む日に
われを忘れる
わがこころ

うちゆする。
砂浜に
沈む日もさながらの
不可思議の夢
紅《くれない》の幽霊となり
絶えまなくうちつづく
うちつづく
大いなる沈む日に似て
砂浜に。

*Soleils couchants*

※落日のファンタズマゴリー（変幻きわまりのない光景）を歌った奇異の感じのする詩。詩形そのものにも落日を見つめる人のめまいに似た不安定なものがあり、内容も正確には見きわめがたいが、そこが詩人のねらいであったことだけは確かなようだ。

## センチメンタルな散歩

入日の最後の光芒《こうぼう》は鋭くて矢のようだった
風が来て暮れなずむ睡蓮《すいれん》の花を揺った。

花の大きい睡蓮は芦間《あしま》にわびしく光ってた
暮れ行く静かな水の上。
湖岸の柳の下かげを、ひとりで僕は歩いてた
胸に痛みを秘めたまま。
湖こめる狭霧《さぎり》から漠《ばく》とした巨大な影が現われて
わざとらしい羽搏《はばたき》の小鴨《こがも》の声にことよせて
悲嘆を告げて泣き出した
胸に痛みを秘めたままひとりで柳の下を行く僕に向って。
おりもおり、分厚い闇《やみ》の死布《かけぎぬ》が
暮れなずむ入日の最後の光芒を、
芦間に残る睡蓮を、
包んで消した、暮れ行く静かな水の上。

*Promenade Sentimentale*

## 歌垣夜宴

言うなれば『ファウスト』第二部、魔女夜宴《サバト》の場面。
ひどく律動的なんだ、このサバト。
王朝好みの広庭《ひろにわ》なんだ、整然としているくせに
間《ま》がぬけて、なんとなく人を気楽にしてくれる。

そこにもここにもロータリー、中央にそれぞれ噴水池、
まっすぐな径《みち》は縦横、森の精像《シルヴァンたち》は大理石、
海　神　像《ネプチユーンたち》はブロンズ、
五点形の植付け、イギリス風の芝生《しばふ》。

栗《くり》の木ばやしの向うには砂山まがいの花壇があり、
そうかと思うと変った好み、小さいが自慢のこびとば
ら、

三角形に刈り込んだいちいの生垣《いけがき》。
さてその上に夏の月。

ま夜なかの鐘が鳴り、宮廷風の広庭の
奥の方から誘《おび》き出す、うたた寂しい楽《がく》の音《ね》を、
タンホーザーの狩に似た、重々しくて緩《ゆる》やかで、
しかもわびしい狩の曲。

角笛のその遠音《とおね》にも聞きとれる、
浮気おさえた心の手綱、
酔うたまぎれの調べの乱れ。
角笛の誘いに答えるように、早速に、

やおら抱き合う白い姿の影のむれ
枝葉のみどりの照りうけて
月光下、オパール色に透きとおる、

ワットー下絵、ラフェ刻《こく》の版画そのまま！

枝葉のみどりの照りうけて、白い姿は、もの憂げな
絶望の果ての身ぶりに抱《いだ》き合う、
さて、やがて、植込みの、銅像《ブロンズ》の、大理石像《マーブル》の周囲《まわり》を
輪になって、ゆるやかに、踊り始める。

あの不安げな幽霊たち、はたしてあれは
酔うた詩人の幻か、さもなくば憧憬《あこがれ》か、見果てぬ夢
うち連れてさんざめくあれら不安な幽霊たち？
それとも単にありふれた死者の姿か？

どうなんだ？　戦慄《せんりつ》の発明がご自慢の詩人どの、
逆上にあやつられ踊り続ける幽霊たちは
はたして貴公の見果てぬ夢か、それとも貴公の憧憬《あこがれ》か、
　幻か？

あるいは単にありふれた狂った亡者《もうじゃ》の姿であるか？

*Nuit du Walpurgis classique*

## 秋の歌

秋風の
ヴィオロンの
　節ながき啜《すす》り泣き
もの憂きかなしみに
わがこころ
　傷つくる。

時の鐘
鳴りも出《い》づれば、
　せつなくも胸せまり、

※上田敏先生の名訳でひろく愛誦されている有名な詩。「秋の日の／ヴィオロンの／ためいきの」身にしむ名調子で人口に膾炙しているので、＊秋風のヴィオロンの―とした本書の訳に驚く読者があるかも知れないが、原作の字面は単に「秋のヴィオロンの」となっており、日も風も入ってはいない。十年ほど前まで僕も「秋のヴィオロンの」として安心していたが、ふとこのヴィオロンは秋風の音だと気づいた時か

思いぞ出づる
来《こ》し方《かた》に
　涙は湧《わ》く。

落葉ならね
身をばやる
　われも、
かなたこなた
吹きまくれ
　逆風《さかかぜ》よ。

*Chanson d'automne*

ら、風の一字を加えることにした。これで最後の連の「逆風」とのつながりも妥当性を増すことになる。一生の傑作とも言うべきこの絶唱が成った時、ヴェルレーヌはまだ二十歳だった。原作の、ささやくような音声と憂いに満ちた魂の風景には、この詩人一生の詩の特徴が要約されている。＊時の鐘―晩禱の時を知らせる寺の鐘。

## 女と牝猫《めねこ》

女が牝猫と遊んでいた

白い女の手、白い猫の肢《あし》
ほの暗い夕ぐれの光の中に
嬉戯《きぎ》するは見ものだった。

剃刀《かみそり》のように明るく磨《と》ぎすまされた
人を傷つける瑪瑙《めのう》の爪を
黒い手袋の下にかくして
女は持っていた、腹黒奴《め》！

猫もやさしくじゃれつくが
鋭い爪はかくしていた
それも風情《ふぜい》のたねだった……。

陽気な笑いの立つ閨《ねや》に、
四つの瞳《ひとみ》が

燐《りん》の光を放っていた。

## Femme et la chatte

## おぼこ娘の歌

「おぼこ娘」よ、あたしたち、
青い目、額《ひたい》にヘア・バンド、
ろくに読者もないような小説中に
人は知らぬが生きている。

腕組み合って飛びまわる
無邪気な気持に較《くら》べたら
太陽さえがまぶしがる
夢は青天白日よ、

笑ったり、さんざめいたり、
朝は早《はよ》から日暮まで
あたしたち、牧場《まきば》せましと
馳《か》けめぐり、蝶《ちょう》追いまわす、

表わら帽は涼しくて
薄地の服は軽くって、
汚染《しみ》ひとつない
純白さ。

あたしたちには
一休さまも、業平朝臣《なりひらあそん》も
光源氏《ひかるげんじ》の君までが、出会いのたびに
いろ目忘れぬおんそぶり。

思い入れ、恋のそぶりも、
お気の毒、出端《でばな》折られてしょげるが落《おち》、

下ばきの糊《のり》は強《きつ》くて意地悪い、
言い寄るうるさい人たちの
おかどちがいは嘲《わら》っても
初心《うぶ》はうぶでもあたしたち
ときめくものはやはりある

乱れ心にうっかりと、
胸のどこかで思ってる
いずれこの身もあの人たちの
色のあそびのおあいてと。

*La chanson des Ingénues*

## 夕ぐれの時

もやこめる地平に赤い月かかり、
牧原《まきはら》はかすみの奥におぼろに眠る、
青藺《あおい》の茂みに蛙の鳴けば
あたりをこめて悪寒《おかん》が走る。

水草は花冠をとざし、
痩《や》せて立つ姿よせ合い
ポプラ並木は遠くに浮び、
藪《やぶ》かげに螢《ほたる》とび、

　梟《ふくろう》　たち目をさまし、
音のない重い翼で夜気《やき》を漕《こ》ぐ。
にび色のひかり天頂を領し、
白銀《しろがね》の明星《みようじよう》生れ、世はかくて夜となる。

*L'heure du berger*

# 地下の市

凍りつきそうな光のもと
北風すさぶ
墓地にいちい。

身にしむ鈍《にぶ》い音を立て
新墓《しんぼ》の上の十字架は
不気味なまでにうなりを立てる。

大河のように黙りこみ、
川波ほども涙は滂沱《ぼうだ》、
息子《むすこ》や母親、やもめたち、
わびしい柵《さく》を遠まわり

行列はのろのろと
跡切《とぎれ》がちな啜《すす》り泣きのリズムが歩調。

踏む土は滑《すべ》って軋《きし》む。
気ちがいじみて千切《ちぎ》れ飛ぶ
空いっぱいのねじくれ雲。

後悔ほどにささり込む
きつい寒気《かんき》がおりて来る、
死者の地下へも滲《し》み込もう、

死者たちはいつも孤独で可哀《かわ》いそう
泣いて惜しんでもらおうと、忘れっぱなしでおかりょ
うと
絶えずがたがたふるえてる！

「春」よ、早目に来ておあげ
明るい日ざしの愛撫《あいぶ》を伴《つ》れて
囀《さえず》るやさしい小鳥を伴《つ》れて！

きびしい冬のとりことなって
悲嘆にくれる花々よ
よみがえれ！

そして朝から日ぐれまで
金いろの大空に君らの眠りは守らせたい
お香《こう》と歌をふりまかせ、

おお、なつかしの死者たちよ！

*Sub Urbe*

## あるダリア

胸乳《むなぢ》は硬《かた》く、目は黒く
大理石《なめいし》の肌《はだ》光あり
悠々然《ゆうゆうぜん》と帯解いて
たくましさ牡牛《おうし》の胴体さながらの
裸形《らぎよう》あらわす浮《う》かれ女《め》よ。

豊満滋潤《じじゆん》のあだ花よ、
いささかも香気の汝《なれ》を取りまかず、
いたずらに潑剌《はつらつ》とした汝《な》が肉は
一点非のない調和のうちに
解けつ、ほぐれつ、のたうつよ。

肉の香《か》もそなたは立てぬ、

乾草《ほしぐさ》のなかで抱《だ》かせる尻軽《しりがる》の
あのおもむきもそなたは持たぬ、
そのくせそなたは君臨する、
薫香《くんこう》にかかわり持たぬ偶像よ。

金襴《きんらん》の美服まとうた花の王、ダリアさながら、
誇りも匂《にお》いもない首を
そなたは凜々《りり》しくおし立てる、
うるさくそそるジャスミンの香《かお》るさなかに
なやましく！

*Un dahlia*

## 接　吻

接吻！　愛撫《あいぶ》の園の立葵《たちあおい》！

「愛の女神《めがみ》」がとけそうな天使めく声に
恋びとたちのためにと歌う鼻歌の
歯列《しれつ》の鍵《キー》を弾《はじ》き鳴らす激しい伴奏、接吻よ！

鳴り高く甘い接吻、神ほども尊《とうと》い接吻！
類《たぐい》ない逸楽、最高の酩酊《めいてい》！
そなたに礼す！　愛すべきそなたの酒杯《さかずき》に口当てて
人は尽きせぬ幸福に酔う。

ライン・ワインのように、音楽のように
そなたは慰め、そなたは落着かす、
そしらぬ顔で憂いは消える、そなたの赤いひだの間《あいだ》に
……。

ゲーテやシェクスピーアなら多分立派な詩を書くだろ
うが

パリの哀れな吟遊子、自分には
児戯に類するこのような詩の花束しか贈れない、
おお、接吻よ、祝福されてあれ、僕の愛する誰やらの
強情な唇《くちびる》に降《お》りて来て、にっこり笑って見せてくれ。

*Il bacio*

## パリの夜

エドモン・ルペルチエに

暗いセーヌよ、気だるい波を運ぶがよい。——
妖気《ようき》とりまく橋下を糜爛《びらん》した無数の屍体《したい》が流れたぞ。
どれもパリに魂を虐殺された奴ばらだ。
見かけの不吉に較《くら》べたら
そなたの冷たい流れが運ぶ

屍体の数なぞまだ甘い！

ティベリス川の岸辺《きしべ》には
蔦《つた》と苔《こけ》とに被《おお》われたり、
みどりの草間の灰いろの大石塊《だいせっかい》であったりする
廃墟《はいきょ》があって旅びとに遠い昔を偲《しの》ばせる。
グヮダルキヴィールはブロンドのオレンジ林に笑顔見
　せ陽気に流れ
夜ともなれば軽快なボレロ踊りを映し出す。
パクトル川は金《きん》の川、ボスポラス切立つ崖《がけ》には
好色なオダリスクが来て昼寝する。
ラインが城砦荘司《じょうさいそうじ》なら、リニョンは吟遊詩人かも、
アドール川は放蕩児《ほうとうじ》。
ナイルは静かな流れの歌で
ミイラに甘夢《かんむ》を眠らせる。
神聖な葦《あし》が自慢の大メッチャヤセベ

赤褐色《せっかっしょく》の島々を運んでいると見るひまに
紫電一閃《いっせん》、壮麗の権化となって
ナイヤガラ瀑布《ばくふ》は落下。
月桂樹《げっけいじゅ》みどりの梢《こずえ》の影を縫い
白鳥の大群あそぶユーロタス、
ひげ鷲《わし》の舞う空のもと
詩人さながらなごやかに節おもしろく歌い行く。
聳《そび》える椰子《やし》と紅蓮《ぐれん》を縫うて
みやび姿の足どり優に、悠久《ゆうきゅう》にガンガは流れる
彼方《かなた》立ち並ぶ寺塔沿い
生ある大波大衆は蜿蜒《えんえん》と
重々しいシンバルの楽声《がくじょう》に連れうねり行き、
また近く、黄縞《きじま》の猛虎《もうこ》ひそむあり
今や遅しと羚羊《かもしか》の時刻を待って
背のびをしオーボエの吼《ほ》えるがごとく一嘯《いっしょう》す。

——それなのにセーヌよ、そなたときては無一物、
ただ両岸があるばかり。
どこまでもカビ臭い古本がただ並ぶだけ。
みすぼらしい連中がわずかに釣綸垂《つりいと》れている。
だがしかし、夕暮が来て、
空腹と睡気で鈍った通行人も稀《ま》れになり
夕日が空に燃えるころ
夢想家ならボロ家《や》から這《は》い出し、
ノートルダムのまん前の
市役所橋に肱《ひじ》ついて、心も髪も風まかせ、
もの思うには快適だ！
静かな空を夜風に追われ、にび色に雲は流れる、
教会の入口上に祀《まつ》られたある王様の彫像に
断末魔の太陽は赤い接吻を置いて行く。
迫る夕闇《ゆうやみ》に燕《つばめ》はかくれ、
黒い蝙蝠《こうもり》が見え初《そ》める。

四囲《あたり》にもの音は死に果て
わずかにそことないつぶやきだけが
パリがそこに在《あ》り、
独自の歌を歌っていると教えてくれる。
自分の暴君には忠勤をつくし、
犠牲者には嚙《か》みつくパリ。
さてはいよいよ幕あきだ、
窃盗犯の、売淫《ばいいん》の、殺人の。

おりもおり、藪《やぶ》から棒に
夕闇をつんざいて、どこやら近くの街角で
あわてたテナー、
手回し風琴の恨むような、訴えるような
甲高《かんだか》い絶望の叫びが歌い出す。
少年のころ、人たちが木琴を叩《たた》いて歌った記憶のある
ローマンスともポルカとも知れないような節まわし

その陽気さが、わびしさが、ゆるく鋭い哀調が
おたずね者や売笑婦、画家や詩人の身にしみる。
調子は狂い、声は嗄《か》れ、聞くに堪えないほどひどい、
敏感なロシニをぞっとさせそうだ。
笑いは歯ぎれが悪く、口説《くぜつ》は訥々《とつとつ》、
始末のわるいソルのキー、こいつのおかげで、
全部の音いろが風邪《かぜ》っ気味《きみ》、
ドはラになって狂ってる、
だが、そんなことは苦にならぬ！
聞いてけっこう人は泣く！
夢の国へと心はあそび、
昔の思いにさそわれて、
昔の若さが体内の血によみがえる。
愛憐に胸せまり、目からは涙がにじみ出る、
思わず人はあこがれる、
造型美、音楽の美がかもし出す

世の常ならぬ素晴らしい調和にひたり
天国の平和が味わいたいものと。
暮れ行く光と楽《がく》の音《ね》と、
いま魂はうっとりと、いずれと知らず酔《よ》い痴《し》れる。

——やがて風琴も遠ざかり
あとはひっそり閑《かん》となる。
夜天に浮ぶ薄雲ごし、金星は揺れ動く。
壁沿いの街灯にガスの火がはいり、
仮面《マスク》のびろうどより黒い
川面《かわづら》に金いろの星とガス灯が映って揺れる。
古銭なみ、風雨と時間で錆《さ》び果てた
橋の欄干の上に立ち
奈落の底から吹き上げる
不吉な風に誘われて
悩む男はのぞき込む、

分別も、希望も、野心も失って
思い出さえが消えた今、
「パリ」と「川」と「闇黒《あんこく》」に向って独《ひと》り悄然《しょうぜん》と。

――不吉な三位《さんみ》一体よ！
冥土《めいど》の悲しい入口よ！
幻滅を告げる神託よ！
不運を餌食《えじき》の「食人鬼ども」よ、
貴様らのいずれ劣らぬ無気味さに
孤立無援の「人間」は
肉に食い込む貴様らの魔性の爪《つめ》の痛みゆえ、
気さえ転倒、貴様らのくぼんだ眼《まなこ》に見据えられ、
しょうことなさに身を投げる。
死神《しにがみ》に花嫁捧《ささ》げる一心の
貴様らは三位が三位、いずれ劣らぬ殺し好き、
人は貴様ら三種三様の恐怖のどれに従うか

取捨選択に苦労する、
「地獄の鬼」か「濁流」か、それともまたは
世界の女王パリよ、そなたの腕《かいな》のやわ肌か！

——今日もそなたは流れてる、
セーヌよ、パリを貫いて、
老いてよごれた泥の蛇《へび》、
そなたはのろのろ這いながら
果ての港へ運んでる、
木材の、油の、さては屍体の積荷！

*Nocturne Parisien*

※エドモン・ルペルチエ Edmond Lepelletier ヴェルレーヌの竹馬の友にして終生の友、この人のヴェルレーヌ伝は正確なので有名。

# 艶《なまめ》かしきうたげ

# 月の光

そなたの心はけざやかな景色のようだ、そこに
見なれぬ仮面《マスク》して仮装舞踏のかえるさを、歌いさざめ
　いて人々行くが
彼らの心とてさして陽気ではないらしい。

誇らしい恋の歌、思いのままの世のなかを、
鼻歌にうたってはいるが、
どうやら彼らとて自分たちを幸福《しあわせ》と思ってはいないら
　しい
おりしも彼らの歌声は月の光に溶け、消える、

枝の小鳥を夢へといざない、

大理石《なめいし》の水盤に姿よく立ちあがる
噴水《ふきあげ》の滴《しずく》の露を歓《よろこ》びの極《きわ》みに悶《もだ》え泣きさせる
かなしくも身にしみる月の光に溶け、消える。

*Clair de lune*

パントマイム

ピエロいたって寛濶無頼《かんかつぶらい》、お先に御免とラッパ飲み
肉饅頭《にくまんじゆう》まで頬張ったり、
見上げたこれは実行家。

おひとよしカサンドル、並木の奥にただひとり
人知れず涙にむせぶ、
勘当の従兄《いとこ》の上を泣くとやら。

性《しょう》わる男アルルカン、わるだくみ、
花乙女コロンビーヌを誘拐《かどわか》す方策《てだて》に苦心、
ひょいと身軽な宙返り。

コロンビーヌは夢見る思い
ついぞ今まで知らなんだ
風に情《なさけ》があろうなぞ、心に声があろうなぞ。

*Pantomime*

## 草の上

法師《アベ》は呂律《ろれつ》がまわらない。——そこな侯爵《こうしゃく》、
鬘《かつら》がちょいと横っちょで。
——このシープルの古酒《こしゅ》の美味《あじ》、
でも何さ、カマルゴどの、そちの頸《うなじ》に及びもないが。

※呂律がまわらない——酒

——燃ゆる思いは……——ド、ミ、ソル、ラ、シ。
——法師《アベ》、そなたの悪計見やぶったり！
——奥さま方、あの星一つ外《はず》せぬようなら
死んでお目にはかかりましょう。

——仔犬《こいぬ》になりたや、なりたやな！
——次から次と女子衆《おなごしゅ》を
抱くとしようぜ。——皆さん、さらば？
ド、ミ、ソル。——へへ、お月さま、おやすみなさ
れ！

*Sur l'herbe*

に酔いなどして言語のはっきりしないこと。＊このシープルの古酒—灘の生一本というほどのこころ。地中海の一孤島 Chypre（サイプレス島）産の上等な葡萄酒。＊カマルゴ—Marie Anne de Camargo（1710〜1770）ブリュッセル生れの舞姫。パリのオペラ座に現われ一世を悩殺した美人。この詩に「侯爵」と呼ばれているルイ・ド・ブールボンの寵妓。

# 小　道

厚化粧いにしえの世の人に似て
広きリボンの結び目の中に細《ほっ》そり
青葉の下《した》かげを彼女行く
古きベンチにむす苔《こけ》の色蒼《あお》む小道より
鸚哥《インコ》の鳥をいつくしむ時にやすらん
そこはかと様子ぶりたる身のこなし。
ながながと裳《も》裾《すそ》曳《ひ》く衣《ころも》は碧《あお》よ、
大いなる指環《ゆびわ》せしかぼそき指に
爪《つま》ぐる扇《おうぎ》、春　宮《しゅんきゅう》の秘戯や描ける、そことなく、
ありなしのよしなしごとを思い出《い》で、彼女ほほえむ。
——これやこの金髪のひと。
鼻筋《はなすじ》可《か》憐《れん》、唇紅《くちあか》く厚みあり、
おのずから心づかざる品《ひん》ありて備わるも生得《しょうとく》や。

——いれ黒子《ほくろ》、ややおどみたる目の色をひき立たせ、
さかしさのここにも見えて。

*L'allée*

## そぞろあるき

翼と動きものうげに軽く流れて
派手好みわれらが袖《そで》のひらめけば
青ざめしいろの空、かぼそき木立、
面はゆとほほえみて眺《なが》めやしつる。

そよ風はつつましき池水《いけみず》に小波《さざなみ》たたせ
低き並木の菩提樹《ぼだいじゅ》の影すきて
日の光われらに至る、青澄みて
ほどよくもとぎれとぎれに。

ろうたけしみやび男《おのこ》と、あだめけるみやび女《おみな》と
いずれ皆やさしくも浮気なるやさ心
楽しくもわれら語りつ戯れて
ほざきつつ恋男《こいびと》は恋女《こいびと》なぶる、にぎやかに。

目に見えぬ恋女《こいびと》の手は、時につと
そが小指その指先に置かれたる
許しなき接吻《くちづけ》の報復《しかえし》に
ぴしゃりと平手、振舞いの

猛々《たけだけ》しさよ、あられもな！
むっとして男《おとこ》はむくゆ冷たき目、
されどまたしかすがに恋男《こいびと》なれや
うれしげにやさしきさまの唇《くちびる》と対照のおかしくて。

*A la Promenade*

洞窟《どうくつ》のなか

さらばいざ、われここに命を断たん、おん膝《ひざ》の
　辺《へ》に！
憂さつらさ果てしなければ、
また君が猛々《たけだけ》しさに較《くら》べては牙《きば》白きかの女虎《めとら》さえ
　牝《め》の仔羊《こひつじ》に過ぎざれば。

みそなわせ、クリメーヌ、つれなきひとよ、
　幾度の戦さの庭に
幾たりの剛のもの殺《あや》めて来《き》つるこの剣《つるぎ》、
　今しわが命、わが嘆き、止《とど》むるを！

わが極楽の道行きに

何のたわけの剣沙汰《つるぎざた》？
おん秋波《ながしめ》を浴びし時、キュピドの征矢《そや》の
ずっぷりと射貫きたる心の臓なり矣《や》！

## *Dans la grotte*

## 初々《ういうい》しい人たち

高い踵《かかと》と長い裳裾《もすそ》がもつれ合った
風と地面《じづら》の高低《たかひく》にもてあそばれて
脛《はぎ》の白さが光って見えた、とぎれとぎれに、
そうして私《わたし》たち、このはかない慰みを楽しんだ。

時にまた木《こ》の下蔭で、美しい彼女たちの
襟《えり》もとを妬《ねた》み深い蜂《はち》の針がねらった
するとたちまち、無数の白い首すじが、稲妻のように

目の前を流れた、
そしてこの贈物が私たちの若い日を狂喜させた。
夕暮がおりて来た、とりとめぬものの哀れの秋の暮。
女たちは夢見心地に私たちの腕にもたれて
声低くうれしい言葉をささやいた、
その日から今の今まで、心が驚きにわななきつづけて
　いるほどの
うれしい言葉。

*Les ingénus*

## お供のものども

金襴《きんらん》の仕着《しきせ》のお猿《さる》、
彼女の先に立ち、踊ったり跳《は》ねたり、

夫人はお上品な手袋の片手に
ダンテルの手巾《はんけち》をいじくって。

後ろから、赤いおべべの黒奴小僧《くろんぼ》、
両腕にあふれこぼれる彼女のお晴れ
長い裳裾《もすそ》を重げに抱いて、
鬢《ひだ》の一つの動きにも目の玉ぱちくり。

夫人の白い衿元《えりもと》から
猿め、かた時目をはなさない。
見えぬ胸乳《むなぢ》のふくよかさ
女神の体《たい》にふさわしい。

黒奴小僧《くろんぼ》のいたずら奴《め》、
その豪勢な重荷をば
必要以上に持ち上げて

彼の夜ごとの夢に入《い》るものの象《すがた》をのぞき込む。
彼女は石の階《きざはし》を、心静かに登り行く、
飼いならされた動物の
身のほど知らぬ恋慕なぞ
気にもとめないのどかさで。

*Cortège*

貝がら

ふたりがしっぽり濡《ぬ》れ合ったここな岩室《いわむろ》、
貝がらも、それぞれの
風情《ふぜい》があるね。

僕が恋慕に燃え猛《たけ》り、

そなたがほむらになった時、
血の紫で染め上げた貝がらもあり、

けだるげに寝ころぶそなた、
それと見て、あざける僕のまなざしに、
青ざめながらいきどおるそなたを真似《まね》る貝もあり、

この貝は、そなたの耳の色っぽさ、
その貝は、肥《ふと》り肉《じし》、桃いろの
そなたの猪首《いくび》そっくりよ、

中に一つの貝がらが、とりわけ僕を悩ました。

*Les Coquillages*

スケートしながら　別題　氷上四季

ひっかかったという次第、奥さん、あなたもわたくしも、
てんでが仕組んだ計略に、
「夏」の陽気につい浮かされて
頭のしんまでぽうとして。

幾分は「春」のせいでもありました、
（わたくしの記憶にあやまりないならば）
二人のあいだのたわむれを
こうまで楽しく乱したは！

なにしろ春の季節には、風はさわやか
キュピドが無理に開かせる

初咲きのばらの蕾《つぼみ》のかおりさえ
ほとんど無邪気、

リラめがせっかく夢中になって
世にも楽しい刺激剤
陽春の日向《ひなた》の温気《うんき》に吐きかける
あのなやましい吐息《ためいき》も

そよ吹く風が
意地わるく
媚薬《びやく》のききめ散らすので
どうやら心はひと休み落ちつくものの、

目覚めた五感が騒ぎ出す
勝手気儘《きまま》に

ひとりでに、
気ちがいとまではならずに。
そのころよ、明るく晴れた空のもと
(奥さん、思い出しますか?)
かりそめに交す接吻《くちづけ》
そこはかとない恋心地。

狂おしい熱情でない
おだやかな厚意に満ちて
二人が楽しかったこと
熱中も——苦労もなくて——!
幸《しあわ》せな時期ではあった!——ところがやがて「夏」が
来た、

さようなら、心を洗うすず風よ！
あわてる二人の魂を
邪淫《じゃいん》の風が攻め立てる。

真紅《まっか》に燃える花々が
まともに二人に吐きかけた
爛熟《らんじゅく》し切ったものの香《か》を
悪の誘いが枝葉から雨と二人に降って来た。

二人はついに負けました、
そして馬鹿げた気まぐれが
夏じゅうつづいた
わけでした。

空《うつ》ろな笑い、そら涙、

そのくせ始終せかせかと、
べとつくわびしさ、めくるめき、
心はいつもうわの空！

幸いに秋が来て
寒い日と身にしむ風を鞭《むち》にして
無遠慮に二人をなじり
悪習を矯正《ためなお》し、

たちまちに二人を鍛え
型どおり品もよければ、
一点非のない
一組に仕上げてくれる……。

ところが時はすでに冬
二人がやがてどうにかなると賭《か》けた奴らがあわて出す、

さては二人を越そうとて
追いかけてくる橇《そり》もある。

行儀よく両手をマフに差しこんで
坐席にきちんと正坐して
奥さん、さっさと逃げましょう！
やがて巷《ちまた》の瓦版《かわらばん》、節おかしげに口たたく、二人が上
を！

*En patinant*

## 傀　儡

スカラムーシとポリシネル
わるだくみして月かげに
姿くろぐろ身振する。

時に来かかるお医者さま
ボロニヤ生れ、のろくさと
薬草《くすり》つみとは表むき。

さてその娘、尻《しり》がるが
楡《にれ》の木かげに身をよせて
肌《はだ》もあらわなもの狂《ぐる》い。

仇《あだ》し男はスペイン生れ
海賊かせぎもたれゆえに
やあさ、月が鳴いたかほととぎす。

*Fantoches*

# 恋びとの国

格子《こうし》がこいの東屋《あずまや》よ
二人が恋のかくれ場所、
ばらの枝近く揺れたり、なよなよと、

そよ吹く夏の風のまに
ほのかに動き来るははた
君がにおいかばらの花。

おんひとみ偽らざりき
果敢にぞふるまいたもう、
口吸えば熱ありて妙《みょう》。

満ち足りて、さもあらばあれ、

なんぼう恋に、ひもじさの増さるものから
氷果《ソルベ》と甘味、関節《ふしぶし》のこり解きほごす。

*Cythère*

## 舟の上

空より暗い水面に
金星《ゆうづつ》うかびただように
舟子《かこ》、股引《ももひき》のポケットに火打石たずぬるに。

さても皆さん今こそは二度とまたないよい時分
傍若無人にいたしましょう、さてもわたしのこの両手
以後かまわずにどこへでも！

騎士アチス切なげにギタール鳴らし

つれなびとクロリスあてに
あやしげな秋波《ながしめ》おくる。

法師《アベ》はひそひそエグレを口説き
ちと気の変な伯爵《はくしやく》は
心を遠くへ通わせる。

かかるおりしも月の出て
小舟は走るいそいそと
夢みる水のそのおもて。

## フォーヌ

*En bateau*

年老いし素焼のフォーヌ

芝青き園《その》のさなかに微笑《ほほえ》めり
つかのまのわれらが甘き時に次ぐ
凶《まが》のきざしを予言するごとくにも、

あわれなる恋の巡礼
君を連れまたわれを連れ
今の今、いまの時まで来《こ》し時の
鼓《つづみ》の音にうちまじり去ると眺《なが》めて。

*Le faune*

## マンドリン

恋慕流しのみやび男《お》と
耳かたむけるたおやめと
気のない言葉の受け渡し

歌う葉かげの暗がりに。

あれがチルシス、こなたはアミント、
さてそのとなりがクリタンドル、
おつぎにいるのは情《つれ》ない人に
やさしい歌を書き贈るやさしい心のあのダミス。

男たち短い絹の上衣《うわぎ》きて
女たち裳裾《もすそ》のながさ
ああ、あでやかな、にこやかな、
青い影絵もやさしげに

薄桃いろと灰いろの月の光の照る中に
渦巻き狂う、おりもおり
そよ吹く風のわななけば
マンドリンまた一《ひと》くさり口たたく。

*Mandoline*

## クリメーヌに

思わせぶりな舟うたよ、
文言《もんごん》のない恋歌よ、
よき人よ、空《そら》のいろ
　君がみひとみ、

おん声よ、あやしきさまに
わが胸の地平をみだし
幻に心もそぞろ
　狂おしの哀れわれかな、

白鳥《しらとり》の白妙《しろたえ》の君

おん肌《はだ》のにおいの著《しる》し
けざやかに
　　清らに立ちて、

ああ！　かくておん身のなべて、
忍び寄る楽《がく》の音《ね》さては
死に絶えし天使の後光、
　　色どりにしてまたかおり、

ことごとくわれを捕虜《とりこ》に
巧みにも、
照応の妙《たえ》なる律にのせたれば、
　　かなわじな、アーメンとより！

*A Clymène*

# ふみ

お方《かた》さまみまえに。

文《ふみ》してまいらせ候。
詮《せん》なき儀とて、(神仏も照覧あれや)
麗しのおん瞳《ひとみ》より離《さか》り居《い》のきょう昨日《きのう》、
かかる場合のならいとて
昼のまぼろし、夜のゆめ、
よるひるの別目《けじめ》わかたず追いすがる
なつかしのおん身が影にひたりいて
俗世の人事とり捌《さば》きあるほどに、
心は鬱《うつ》し、いつかわが肉身も
魂《たましい》に席をば譲り、
身はやがて、そのもと同様、

幽霊と化《な》り候わん。空《むな》しき比翼、
度《たび》知れぬ合歓《ごうかん》の夢のちぎりの興奮《たかぶり》に、
果てはわが幽霊とこしえかけて
おん身が幽霊のうちに溶《とろ》け入り候うらんか。

さらばその時まで、われおん身が下僕《しもべ》にて候。

ご身辺、諸事御意《ぎょい》にあい叶《かな》い候や、
鸚鵡《おうむ》めも、猫も、犬めも！　さてはお伴侶《つれ》の面々
日頃の如《ごと》くおん美しく候や、シルヴァニーと呼ぶかの
女《ひと》、

万が一《いち》紺青の君がみ瞳あらざりせば、
秋波《ながしめ》のこちたきを、南無《なむ》三宝《さんぼう》！　時あって
われに給えし、黒曜《こくよう》のかの瞳わが愛《め》でやしつらんかの
女《ひと》、

今もって君が内証ごとのよき聴《き》き役《て》相勤められ候や。

さるほどに、お方さま、日にけにつのる思惑の
われを揺《ゆすぶ》り、われを責《さいな》むが一つこれあり候よ。
世界とその財宝を悉《ことごと》く征服し、以《もっ》て
おん足許の辺《へ》に備え、わが恋の心ばかりの
証《あかし》とはせん願いにて候。
人の世の闇《やみ》照らす朽ちぬ名の今に伝わるいにしえの
猛者《もさ》たちの名うての恋と、激しさの変らぬ恋の証にと。
さん候よ、クレオパトラとて、アントニュースに、シ
ーザーに、
われ君を愛する程は愛されしにあらじかし、
疑い給うこと勿《なか》れ、お方さま、おお、わがクレオパト
ラさま、
われもまたシーザーのごと微笑《ほほえみ》のひとつのゆえに奮戦
し、

アントニュースもさながらに、接吻《くちづけ》のひとつのゆえに
遁《に》げ出《いだ》す
こころの都雅《みやび》所持いたす者にて候。
以上。ながながしく申し上げ候。これにて失礼いたし
候。
ふみ読むに失う時間《とき》の、ふみ書く労《ろう》の償《つぐのい》と相成らぬぞ
恨めしくこそ。

*Lettre*

## 呑気《のんき》な恋人たち

悋気《りんき》な運命はさしおいて
ままよ一緒に死にましょう？
――とはまた珍《ちん》な申《もう》し出《いで》。

珍は善なり。さあ死にましょう
デカメロンさながらに。
――ヘッ！　ヘッ！　ヘッ！　主《ぬし》さんは奇態なお人！

――奇態かどうかはとにかくに、
一点非《ひ》のない恋人たるは実正《じっしょう》。
よろしかったらご一緒に？

――ほんにあなたは恋上手、口上手、
それにもまして冗談上手！
だからしばらく喋《しゃべ》らずに！

こんな遊びにこの夕《ゆうべ》
チルシスとドリメーヌふたりして
二つある森の神像《シルヴァン》のそば近く腰をおろして、

楽しい死をば先《さき》へとのばし
悔ゆるも及ばぬあほらしさ。
ヘッ！　ヘッ！　ヘッ！　奇態なおふたり！

*Les indolents*

## コロンビーヌ

うつけ者《もの》レアンドル、
つづくがピエロ
　此奴《こやつ》は蚤《のみ》
藪《やぶ》を飛んだよ、ひとまたぎ、
カサンドル剽軽《ひょうきん》に
　法師頭巾《ずきん》と洒落《しゃれ》込んだ、

アルルカンまでついて来る
この出鱈目《でたらめ》の
　かたりこき、
派手な仮装《なり》
仮面《マスク》のかげの
　目がきつい、

——ド、ミ、ソル、ミ、ファ——
一同は騎虎《きこ》の勢い
　笑ったり、歌ってみたり、
踊ってみたり、
つんとすました
　美形《びけい》ひとりを取り巻いて
牝猫《めねこ》みどりの
目ほどに変る

女の目つきの思わせぶり、
「手出し法度《はつと》!」に
なおいきり立ち
　われもわれもと

——ご連中まだまだ後《あと》を追うつもり!——
とめてとまらぬ
　星の運行《みちゆき》。
ああ、さては、
この鼻《び》下長《かちよう》の一群を
　どんなみじめな災難へ

連れ込む気やら、
帽子に派手なばらの花
　ひだり褄《づま》
裾《すそ》も軽《かろ》げにしゃなしゃなと、

したたか者の
　これな美形め！

*Colombine*

## 地に堕《お》ちたキュピド

先夜の嵐《あらし》が倒してしまった、キュピドの像を、
この庭のわけても影の濃いあたり。
手の弓を思わせぶりに引き絞り微笑《ほほえ》みかけて
あの日一日、僕たちのわずらい事の種だったあの像
を！
先夜の嵐め、あれを倒したのであった！
大理石《いし》の破片《かけら》が散り敷いて、いま朝風に舞っている。
葉の落す影のあいだに、作者の名だけ読みとれる

台座ばかりが立つ様は、なんともさびしい。
見るにつけ、わびしい思いが湧《わ》いて来て
身の行末の哀れさや悲運のほどが偲《しの》ばれて、
せつない夢がこみあげる。

なんともこれはさびしいね！——あなたにしてもそう
　でしょう？
さすがに感動したでしょう、この痛ましい眺《なが》めには、
よしたとい、蓮《はす》っ葉《ぱ》なあなたの瞳《ひとみ》は細道に
落葉のように散り敷いた破片《かけら》の上をとび回る金襴《きんらん》の
　蝶々《ちょうちょう》を追っていようとも。

*L'Amour par terre*

## 忍び音《ね》に

高き梢《こずえ》の小《お》暗《ぐら》きもとに
われら心しずかに息《いこい》せん
深き気配の沈黙《しずけさ》に
われらが思いひたらせん。

松と楊梅《やまもも》
そことなきけだるさに
消え入る風情《ふぜい》なやましき
われらがこころおぼらせん。

おん瞳なかばとざせよ
胸の上《へ》に腕《かいな》重ねよ
かいだるき汝《な》が心より

ことごとく計《たくみ》をば去れ。

かくて汝が足のあたりに
褐《かち》いろの草なびかする
そよ風のゆすぶるままに
われら身を任せてあらん。

いづ樫《かし》の黒き幹《みき》より
夕ぐれのおりも来つれば
絶望のわれらがさけび
時鳥《ほととぎす》名のりも出でん。

## わびしい対話

*En sourdine*

うら枯れて人気《ひとけ》なき廃園のうち
かげ二つ現われてまた消え去りぬ。
かげの人眼《まなこ》死に、唇《くちびる》ゆがみ、
ささやくもとぎれとぎれや。

うら枯れて人気なき廃園のうち
妖《まが》つ影ふたりして昔をしのぶ。

――過ぎし日の恋心地《こいごこち》君はなお思いたもうや？
――よし思い出《い》づるとも今はせんなきことにあらず
や？
――わが名きくのみにて、君が心は今もなおときめく
や？
今もなお夢にわが魂《たましい》見るや？――否《いな》よ。

——果てしなき幸《さち》にいて、われらかたみに口吸いし、
かつての日美しかりき！——さもありつるか。
——その日頃、空いかに碧《あお》かりし、行く末の望みゆゆしく！
——望みとや？　今はむなしく暗き空《そら》へと消えて無し！

かくて影、燕麦《からすむぎ》しげるが中を分けて消え
その言葉ききたるはただに夜《よる》のみ。

*Colloque sentimental*

# やさしい歌

## 沈みがちな気持の

沈みがちな気持の僕の前に、六月のある日、
ひだ飾のあるグレーとグリーンのローブを着飾って
にこやかな彼女の姿が現われた
あとさきのことも忘れてひたすら僕はみとれたものだ。

気軽にしかもつつましく、凛《りん》としてしかもやさしく
立ったり腰をおろしたり、口をきいたりしてくれた。
僕は感じた、暗い心のどこやらに、こうした彼女のふ
　るまいの
明るい反射が届くのを。

苦労知らずの人がらの

※友人ド・シヴリーを訪ね、その異母妹マッティルド・ド・モーテ嬢に初めて出会った時の歌。そ

すなおにそのままにじみ出る
おしゃべりの伴奏は
優雅な音楽さながらの彼女の声が受持った。

名ばかりの、一瞬の抵抗が消えてしまうと
かなわぬ敵手とあきらめて、突如そのまま
わが愛すべきフェアリーの全権にひれふして
以来もっぱら、おずおずと嘆願を続ける僕だ。

*En robe grise et verte*……

れまで純な気持の恋愛は知らなかったヴェルレーヌの心は、この「ひだ飾のあるグレーとグリーンのローブ」の前で、それまで一度もなかった心臓の鼓動を味わった。神々しいほど純潔な、花はずかしい乙女の姿を歌った詩としても見事である。

＊フェアリー――妖精。

## 黎明《れいめい》がひろがり

黎明がひろがり夜が明けて行くのだから、
長いこと僕を逃《のが》れた後で、希《ねが》いを聞き入れて
希望がまた僕のもとへ帰って来たのだから

この大きな幸福が僕のものにやがてなろうとするのだ
　から、

不吉な思念《おもい》も今後はあとを絶つはずだ
悪夢も姿を消すはずだ、ああ、わけて、わけても
僕に向けられる、皮肉も嘲《あざけ》りも、
悪意のあてっこすりも、今後はあとを絶つはずだ。

悪人愚人どもに対し
握り固めた鉄拳《てっけん》よ、瞋恚《しんい》よ、去るがよい、
去るがよい、いまわしい怨恨《えんこん》よ、
去るがよい、毒酒に求める忘却よ！

光の乙女《おとめ》の恵みにより、微笑に、やさしさによって、
常闇《とこやみ》の僕の心の奥底に今や不滅にしてまた最初の
恋の光明が照り初《そ》めたのだから、

僕は願うのだ、
やさしい炎に燃える目よ、おんみらに導かれ、
おお、そこに僕の手のわななくであろう手よ、おんみに手引され、
苔《こけ》むす滑《なめ》らかな小道であろうと、岩と小石に閉《とざ》された嶮岨《けんそ》な道であろうと、
ひた向きに進みたいと、僕はひたすら願うのだ。

しかり僕は願うのだ、運命の導く方《かた》へ、
心静かに真直ぐに人生行路を行きたいと、
争闘《いさかい》も、悔恨も、羨望《せんぼう》もなく。
かくてこそ義務さえが幸福となり、努力も楽しくなるはずだ。
長《なが》の旅路の慰めに僕はつつましく歌うだろう。

※結婚という新生活に対するこのはずみ、マッティルドと呼ぶ理想の女性像に対するこの情熱は見事だ。彼女が彼をその落ちこんでいる地獄から救ってくれるだろう。「しかり僕は願うのだ、運命の導く方へ、心静かに真直ぐに人生行路を行きたいと、争闘も、悔恨も、羨望もなく。かくてこそ義務さえが幸福となり、努力も楽しくなるはずだ」この恋愛、この結婚が、肉体の浄化、魂の洗礼であったのだ。＊毒酒―久しく彼が親しんでき

僕はひとりごとに言うだろう、その歌を
彼女はうるさいとも思わずに聞いてくれるだろうと、
そしてこれ以外、極楽の望みは僕にはないはずだ。
*Puisque l'aube grandit……*

消え行く前に

消え行く前に
あかつきの星よ、
——百里香《ひゃくりこう》の木に鳴く
千羽のうずら。——
眼《まなこ》　恋にうるむ
この詩人の方へ向け！
——夜明けの光と一緒に

た、にがよもぎの液汁を加えたアルコール分70パーセントという緑色の猛烈なリキュール酒アブサンのこと。

雲雀《ひばり》が空へ舞い上がる。――

朝の光が青空に消し去る
お前のまなざしを此方《こちら》へお向け、
――実りきった麦畑の
なんとおびただしい歓喜《よろこび》！――

僕の思いを光らせよ
彼方《かなた》、遠い遠いあたりに！
――刈草の上には
陽気に露が光ってる。――

いまだ眠りのさめきらぬ
恋人の甘いやさしい夢の中……。
――さあ、さあ、早く、

※ヴェルレーヌはここで、二つのモチフ（主題）に同時性を持たせて歌いあげている。各連の初めの二行だけを辿ると、第一主題ともいうべき天上界のモチフの展開が読みとれる。同じく後の二行だけを辿ると、伴奏ともいうべき地上のモチフがききとれる。すがすがしい夏の朝の田園の歌。勝利にみちた夜明けの歌、歓喜に目がくらみそうな幸福の歌である。作った人

の心の躍動が言葉にそのまま感じられる。

*Avant que tu ne t'en ailles*

もう金いろの太陽《ひ》がのぼる！——

## 白き月かげ

白き月かげ
森に照り
枝に
声あり
葉ずれして……

おお、愛人よ聴《き》きたまえ。

そこひなき鏡となりて
池水《いけみず》は映すかな

枝に来て風の泣く
黒き柳の
姿をば……

夢みんいざや二人して。

やさしくも深き心の
なごやかさ
月の光に照り映ゆる
空より降ると
見ゆるかな……

ああ、この良夜を如何《いかん》せん。

*La lune blanche*

※恋する者の夜の思いの歌である。風と木の葉のささめきにも、水にうつる木影のたわむれにも、さてはみ空の星のまたたきにも、彼らは夢への、愛撫への招待を感じるのである。

# 汽車の窓から

汽車の窓から眺《なが》めるこの景色は
もの狂わしく走ること、野原も水も
麦畑も樹木も空も一切が
すさまじい渦巻の底に身を投げる、
奇態な花押《かきはん》とも見える電線を張り渡した
ひょろ長い電柱も、あとからあとから追いかけて。

燃える石炭と、たぎる水の匂《にお》い
千本の鎖の先に千人の巨人をつないで
鞭《むち》打ち責《さいな》んだら出るかと思われるような喧々囂々《けんけんごうごう》、
時にふと聞えてくる、梟《ふくろう》の気疎《けうと》い声音《こわね》。——
——でもそれが僕に何だ、僕は瞼《まぶた》の裏に
心を陽気にする明るい幻《まぼろし》を持っているのだもの、

現にあのやさしい声が僕の耳に囁《ささや》いているのだもの、
あの美しい上品な調べのよい名が
この騒々しい雑音の清らかな枢軸となって、
荒くれた車台の音律《リズム》にさわやかに交って聞えるのだもの。

*Le paysage dans le cadre*

※疾走する列車の窓外の景色の上に、愛人の幻を見、けたたましい列車の響きの中に、恋人の声を聞く、恋する者のみが知る、これは錯覚の世界の歌。

## 後光の中の

後光の中の聖女《サンタ》さま、
天主の窓の奥方さま、
人の言葉の伝えうる
優婉可憐《ゆうえんかれん》のことごとく、

森の遠くに鳴り渡る

金の音いろの狩の笛、
そのかみの世の上臈《じょうろう》の
優にやさしきおうようさ、

白鳥《はくちょう》の純粋無垢《むく》に
乙女妻ほほのほてりに
ほこりかに浮ぶ笑《えま》いの
あらわなるそのけざやかさ、

真珠母や白や桃いろ、
貴《あて》にしてやさしき楽《がく》や、
古代《むかし》めく汝《な》が名を思い出づるたび
わが目は映し、耳は聴《き》く、これらのすべて。

*Une Sainte en son auréole*

## 炉のほとり

炉のほとり、ほのかなるランプの灯影《ほかげ》、
そことなく愛《いと》しきもののまなざしに見惚《みと》れつつ
こめかみに指当つるもの思い、
湯気あぐる茶をすすり、書《ふみ》ふせて
楽しくも更《ふ》け行く宵《よい》のはてしかな。
うれしきつかれ、さてはまた
あたら夜《よ》のみそかごと待つ間《ま》の心、
哀れわが夢やすみなく
その楽しさにあこがれて
恋慕う空《むな》しくて至らぬその日、
待ち侘《わ》ぶる哀れ幾月
やるせなみ哀れ幾日！

*Le foyer, la lueur étroite……*

※ふたりが営むであろう愛の巣、それはやわらかいランプの光と絹のクッションで作られた桃いろの巣なのだが、その幻がここでは歌われている。なんという甘やかさ、幸せさ、その巣ははてもなく深いだろう。ヴェルレーヌは愛する自分の小鳥とこの巣に移り住むことばかりを待った。それなのに好事に魔、彼女の病気、彼女の母の病気、かくて待たれるその日は先きへ先きへと後退、延期となった。「待ち侘ぶる哀れ幾月／やるせなみ哀れ幾日！」

# 本当を言えば

本当を言えば僕は怖《おそ》ろしいくらいです
すぎた夏、僕の心をとりこにした
うれしい恋に自分の生活が
今ではあんまり深入りしているので、
そんなにまであなたの姿が（ああ、忘れ得ぬなつかしさ）
すべてあなたのものであるこの心の中に住んでいる、
僕の心はあなたを愛し、
あなたの気に入ることよりほかは、何も思わない。
そして僕はわななくのです、ごめんなさいね、

こんなにあけすけなものの言いようを、
あなたの言葉の一つ、微笑の一つを、
思い出すだけで、それが僕の掟《おきて》です。

あなたの身ぶりの一つ、目《ま》ばたきの一つ
言葉の一つで十分です
僕の心の奥にあるこの天国の夢を
かなしい喪《も》の心に変えるにも。

しかしそれにしても、
そのために僕の未来が暗くなり
苦しみが多くなるかも知れないのに
大きな希望を通さずに僕はあなたを見ようと思わぬの
　です。

さてこの無上の幸福にひたって、

いつもいつも自分に言ってきかせるのです、
あまり度々で気はずかしいほどですが、
「僕はあなたを愛す、僕はおんみを愛す！」と。
*J'ai presque peur,......*

## 酒場のもの音

酒場のもの音、歩道の泥
衰えた鈴懸《すずかけ》は黒い風に葉を舞わす、
鉄片と泥土の颶風《ぐふう》のような
乗合馬車は、四つの車輪に坐り悪く、
のろくさと、緑と赤の目玉を運ぶ、
お巡《まわ》りさんの鼻先でわざとパイプをひと吸い吸って
クラブへ出かける職工たち、
雨だれをたらす屋根、じめじめした壁、

すべる敷石、穴だらけのアスファルト、あふれる下水、
これが私の行く道です――その行く先に極楽が。
*Le bruit des cabarets,*……

そうしましょうね？

そうしましょうね？　愚者や意地悪い人たちが、私たちの幸《しあわ》せを妬《ねた》んだり、
そねんだりするでしょうが、
私たちは出来るだけ高きにあって、常に寛容でありましょうね。

そうしましょうね？「希望」が微笑しながら示してくれるつつましい道を、
楽しくゆっくりと私たちは行きましょうね、

人が見ていようが、または知らずにいようが、そんな
　ことにはかまわずに。

暗い森の中のように恋の中に世をのがれて、
私たちの二つの心が恋の甘さ楽しさを歌い出すと、
夕ぐれに歌う二羽の鶯《うぐいす》のように聞えるでしょうね。

さて世間ですが、世間が私たちにつらかろうと
やさしかろうと、それが二人にとって何でしょう、
私たちを愛撫《あいぶ》しようが、標的《まと》にしていじめようが、ど
　うとも勝手にするがよい。

一番強い一番嬉《うれ》しい絆《きずな》に結ばれている上に
金剛鋼《こんごうはがね》の鎧《よろい》を着ているのですから
私たちはすべてを追いのけ怖《こわ》いものとて知らないでし
　ょう。

運命が行末《ゆくすえ》私たちのため何を用意しているか
なぞは考えずに、歩調を合せて歩きましょう、
手に手をとって、混《まじ》りっけのない気持で愛し合う
人だけが持つ無邪気な心で、そうしましょうね？
*N'est-ce pas?*

それは夏の明るい……

それは夏の明るい一と日《ひ》でしょう
大太陽までが僕の歓喜に荷担して
金襴緞子《きんらんどんす》に包まれたあなたの美しさを
一そう美しく見せてくれましょう。

幸福感と待ちどおしさに
青ざめるふたりの額《ひたい》の上に
青い空は高いテントもさながら
長いひだを浮べてゆれることでしょう。

やがて夜、甘やかな楽《がく》の音《ね》まつわり
あなたのヴェールを愛撫する。
平和な星のまなざしは祝福の微笑を送ってくれる
新婚の僕らふたりに。

*Donc, ce sera par un clair……*

つれない世路《せろ》を

つれない世路を僕は歩いていました、
痛々しいほど不安な気持で。

親切なあなたの手が、道しるべになってくれました。
青ざめてほんのりと遠い地平に
夜あけの希望がほの見えていました。
あなたのまなざしが朝でした。

自分の高鳴る足音以外
旅人を鼓舞するものとてなかったのでした。
その時あなたの声が言ってくれた、「もっとお歩きなさい」と。

内気な僕の心、沈みがちな僕の心が、
さびしい道でひとり泣いていました、
嬉しい征服者、恋愛が来て

よろこびのうちに二人を結びつけてくれました。
*J'allais par des chemins……*

## 冬は終りに

冬は終りになりました。光はのどかに一ぱいに、
明るい天地にみなぎって。
どんなにさびしい心でも、
空気の中にちらばったこのよろこびには負かされる。

病的でうっとうしいこのパリまでが
きょうこのごろはよろこんで
その日その日を迎え入れ、
赤い瓦《かわら》の屋根の手を大きくのばして招いてる。

一年以来絶え間なく僕の心は春でした、
今また楽しい花月《はなづき》がこうして元気にめぐり来て
炎が炎をとりまくように
胸の理想に理想がかさなる。

僕の楽しい恋の栖《す》む変らぬ天を青空は、
ひろげ、持ち上げ、取りかこむ。
仕合せはよし、時はよし、
僕の希望はみなどれも叶《かな》う順序になりました。

夏よ、来い！　秋冬も、もう一度めぐっておいで！
どんな季節も僕にはきっと、きっと楽しいはずだから、
おお、君よ、わがよき人よ、
そなたゆえ、おん身ゆえ！

*L'hiver a cessé……*

※このあたりの詩でわかるように、一八七〇年のヴェルレーヌは、周囲のすべてを、美であり、善であると観じ、その心中には悦びが、その眼中には恋と希望が充満していたのであったが、さてこの美しい夏の青空が、どのようにすみやかに、黒雲の渦巻く暴風雨の空と変り、どんなに暗い夜が訪れることになるか。

# 無言の恋《こい》歌《うた》

# 忘れた小曲

## その一

風は曠野のうちに
そが息の音《ね》を忍ぶ
ファヴァル

そはやるせなの絶頂《かぎり》なり
そは恋痴《し》れし疲れなり
そは微風《そよかぜ》に抱《いだ》かれて
おののく森の姿なり
そは朧《おぼろ》めく梢《こずえ》なる
小さき声の唱歌なり。

ああ、かそけくも爽《さわ》やけき風の響きやささやきや！
そは鳥のごとささ鳴きし、そは虫のごと忍び泣く、
そは風渡る小野《おの》の草
やさしく叫ぶと似たるかな……。
君は言うらん、またそれは
流るる水の水底《みなそこ》の、石の音なき揺ぎよと。

ねむれるごとき野の果てに
かくももだゆる魂《たましい》は
われらがそれにあらざるや？
この静かなる黄昏《たそがれ》に、低き声して
つつましき祈りのごとく囁《ささや》くは
わが、はた君が、こころならずや？

*C'est l'extase langoureuse*

※エピグラフのファヴァル Favart (1710〜1792) は、フランスの劇詩人。喜歌劇台本の佳作を多く残している。「そはやるせなの絶頂なり」「そは恋痴れし疲れなり」と、歌い出しの言葉がひとくさりの音楽となって、読者の心をゆり動かす。たちまち読者の心も「風渡る小野の草」のように、「やさしく叫」ばずにはいない。ヴェルレーヌ抒情詩の一頂点をなす名作。

## その二

ささめきの声は秘めたり、わがために、
過ぎし世の声の妙《たえ》なる抑揚を、
調べゆたけきほの明り、はかなき恋の、
なぞわがために秘めざらん、来世の夜明け？

かくてわが身もたましいも
いつしかに夢うつつ
複眼のごときものとはなって
うす濁る光ごし、ありとある世の竪琴《たてごと》の歌を聞く！

死にたやな、おお恋よ、汝《な》をおびやかし、
あとさきの時のけじめも踏みにじり行く
この、世ばなれし死に方を、死にたやな！
死にたやな、このブランコに、行きつ戻りつ、ゆられつつ！

*Je devine……*

その三

雨はしとしと市《まち》にふる。
アルチュール・ランボー

巷《ちまた》に雨の降るごとく
わが心にも涙ふる。
かくも心ににじみ入る
このかなしみは何やらん？

やるせなき心のために
おお、雨の歌よ！
やさしき雨の響きは

地上にも屋上にも！

消えも入《い》りなん心の奥に
ゆえなきに雨は涙す。
何事ぞ！　裏切りもなきにあらずや？
この喪《も》そのゆえの知られず。

ゆえしれぬかなしみぞ
げにこよなくも堪えがたし。
恋もなく恨みもなきに
わが心かくもかなし。

*Il pleure dans mon cœur……*

その四

そうなの、赦《ゆる》しあうのが大事なの。
赦しあってこそ、ふたりは幸せにもなれるの、
お互いの身に、たとえ悲しい事件がおきようと
ふたりが泣くだけで、ねえ、乗りきれるもの。

双生児《ふたご》同様、魂も仲よしのふたりだもの
初心《うぶ》なやさしい気持を守って
世間の女たち男たちから遠い所で
不仲の理由《わけ》なぞさっぱりと忘れ、ふたりの道を続けましょうよ。

さもないことにも熱中し、つまらぬことにも仰天する
すでに赦されているとも気づかずに
静かな木の下道に佇《たたず》んで青ざめたりわなないたりしている
ふたりの小児に、ふたりのおぼこ娘になりきりましょ

うよ。

*Le faut, voyez-vous……*

その五

クラヴサン音《ね》のほがらかに
うれしくて　うるさくて
ペトリュス・ボレル

白魚《しらうお》の細き指《おゆび》の口づくるピアノは光る
ばら色と灰色の夕《ゆうべ》のおくに、ほのかにも、
かかる時、羽ばたきのかそけき音の聞えきて
古き世のはかなき歌のなつかしく、
ためらいがちに、ひそひそと立ち去り迷う
よき人の移香《うつりが》ながき部屋のうち。

※エピグラフのペトリュス・ボレル Pétrus Borel (1809～1859) はフランス・ロマンチズムの文人。多才と奇矯を以って鳴る。前集『やさしい歌』の忘

たちまちに現われて、哀れなるこのわれを打ちめぐり、
やさしくもいつくしむこの歌の揺籃は、何やらん？
ほほえみかくるその歌よ、何をかわれに求むるや？
細目にあけし小窓より、やがて庭へと消えゆかん
はかなき節《ふし》のリフレイン、
何をかわれに思えとや？

*Le piano que baise……*

その七

たったひとりの女のために
わたしの心は痛かった
今ではどうにかあきらめたが
そのくせわたしは泣いている

れ残りか、わけて歌い出しの二句にこの感じが深い。＊クラヴサン——十七・八世紀、西欧で流行した有鍵楽器の一種、現在のピアノはこの楽器の進歩し、改良されたものだと言われる。

こころも気持も彼女から
ようやく離れはしたものの

そのくせわたしは泣いている
どうにか切れはしたものの

泣き虫のわたしのこころが
わたしの気持に訴える

「夢ではないのか？　泣きながら
腹立ちまぎれにした別れ？」

気持がこころに言いきかせる「自分も実は知らなんだ
離れているとよりきつく

骨身にしみてささり込む
こんな不思議なわななんて！」

*O triste, triste……*

## その八

広い野にみなぎり渡る
辺際《はて》のない屈託のうち
ほのかに残る雪のかげ
砂かと光る。

空はあかがねいろ
光もなく。
月がのぞいたり
かくれたり。

もやにつつまれて
近くの森の柏《かしわ》の木は

灰いろに
雲に似てうかぶ。

空はあかがねいろ
光もなく。
月がのぞいたり
かくれたり。

息をきらした小鴉《こがらす》よ、
そうして、君ら、痩《や》せ餓《う》えた狼《おおかみ》よ、
寒い北風が吹くのに
なんで歩き回るのか?

広い野にみなぎり渡る
辺際《はて》のない屈託のうち
ほのかに残る雪のかげ

※おとぎ話の中のように、息をきらせた小鴉だの、やせた狼だのがさまよい歩く、雪の上のもやと月かげとの景色。多分さびしい冬のイギリスの田園

砂かと光る。

*Dans l'interminable……*

その九

高き梢《こずえ》より水そこを眺めて
鶯《うぐいす》はわが身川に落ちたりと思うなり。
この鳥、身は樫《かし》の頂にありながら
しかも溺れんことを恐る。
シラノ・ド・ベルジュラック

川ぎりとざす水面に
木かげは消ゆる煙かと
岸なる枝の空にいて
斑鳩《いかるが》なげき歌うかな。

風物から拾った主題だろう。

※エピグラフのシラノ・ド・ベルジュラック Cyrano de Bergerac

いかに旅人青ざめし君が姿を映すらん
　ここらさびしきこの景色
いかにさびしく泣き出《い》でん、高き梢に
溺れて失《う》せし君が夢！

一八七二年五月—六月
*L'ombre des arbres......*

## 夜の鳥

あなたは我慢が足りませんでした、
それも無理だとは思いません、
あなたはまだお若いのだから
思いやりの足りないのは若い人にはありがちな事なの
　だから。

(1619~1655) はフランスの詩人、軍人で剣豪、絵筆を詩筆に替えた宮本武蔵というところ。ロスタンの韻文劇のモデルとして、巨大な鼻の持主としてわが国でも有名。

あなたはやさしさが足りませんでした、
それも無理だとは思いません、
おお、冷たい恋人よ、あなたはまだお若いのだから、
あなたの心が冷淡なのもまた止《や》むを得ないでしょう！

だから、僕はあなたを赦《ゆる》しています、
(もちろん僕とて陽気ではありません、でも心は落着
　いています)
このかなしい月日を、あなたのおかげで、
世にも不幸な男となり果てた自分を嘆きはするものの。

◆

かつて僕の希望の住家《すみか》であったあなたの眼《まなこ》が、
はや裏切り以外の何物をもかくしていないと
心かなしいその日頃僕が言ったことは
嘘《うそ》ではなかったとあなたにも気がおつきでしょう。

でもその当時、あなたはそれは嘘だと言って誓われた、
そしてこれこそ嘘のあなたの眼《まなこ》の光が
消えようとするのを無理にかき立てる灯火《ともしび》のように燃えて
あなたの声が言うのでした、「あなたを愛しています」と。

悲しいことには、季節はずれなのに気づかずに、
僕ら人間はいつも幸福の夢にほだされます……
やがて僕が自分の言葉が嘘でなかったと気づいた日は
それは僕にとって、痛ましい一日でした!

◆

それにしても、なぜ僕は泣きごとを言ったりするのでしょう?

あなたは僕を愛していませんでした、すべてはあとの
　祭です、
そして人たちの憐《あわ》れみを買うがいやさに
心を石にして、僕は苦しみを忍びましょう。

僕は苦しみます、理由はあなたを愛していたからで
　す！
しかし僕はどんな苦しみも忍びましょう、
傷ついた勇敢な兵士が、やくざな祖国を愛して
永遠《とわ》の眠りに落ちて行くように。

恋人であり、妻でもあったあなたよ、
僕の悩みの源《もと》はことごとくあなただが、
これはいつになっても僕の祖国であるらしい
フランスに似て若々しく、フランスに似て移り気な！

◆

涙の瞳《ひとみ》でいつまでもこんな事件を見つめるなんて僕は
　したくはありません。
それにまた出来ることでもないでしょう?
但《ただ》しあなたが無いものと信じておいでの僕のこの愛情
　ですが
今に及んでどうやら開眼《かいげん》したらしい。

思い出にしか過ぎない筈《はず》の愛情ですが
現に、あなたに打たれると血も流し、涙もこぼし最後
　まで苦しむ筈の
僕のこの愛情ですが、
こいつ奴《め》が今に及んで、あなたの心中に、唯《ただ》ならぬ悔
　恨の現れを認めるばかりか

あなたが記憶をかえりみて絶望のあまり
「まあ！　どうしよう！　あたしって、とんだひどい事をしてしまったわ！」と
つぶやきになるのが聞えてくるともっともらしく言ったりします。

◆

あの時のあなたが、僕には今も見える思いです。そっと僕、ドアをあけたのでした。
あなたは疲れた様子でベッドに伏《ふせ》っていられたが、
愛情ゆえの身がるさで、裸形《はだか》のまま
あわてながらも、にこやかに飛び起きて下さいました。
何んともすてきなあの接吻《くちづけ》、なんとも狂おしいあの抱き締め！
嬉《うれ》しなみだにむせ上り、僕までにっこりしたほどでし

た。
あの瞬間、僕の一生で、正直のところ、
あれが最高の、また最悪の瞬間でした。

あれ以来、僕、あんな場合の、あなたの微笑もやさし
　いお目も
見たがらなくなり果てました、そればかりか
見せかけだけの、甘い罠《わな》だと知りぬいて
あなたを呪《のろ》わずにはいられなくなったものです。

◆

僕には今も、あの日のあなたが見えるようです！
大柄の花模様、白と黄いろの夏姿。
でもあなたは、あの時もう失《な》くしていた、最初の頃の
しとやかなあの陽気さは。

はでなあの衣裳《いしよう》のおかげで
若妻時代、娘時代のあなたに見えた、
あの時あなたのヴェールのかげで
僕を見つめていたあれは、すでにふたりの運命でした。

恨まずに、赦してあげておりますよ！　だからこそ
誇りはしても忘れはしない！
愛の形見の思い出草に、
ちらと見た、あの日のおん目のおんひかり。

◆

僕は今、舵《かじ》も帆柱も失って
暴風雨《あらし》の海に浮ぶ舟。
み救いの「聖母」の光もあらぬまま
祈るだけ祈って難破も覚悟の舟。

僕は今、罪の子ながら海にいて
懺悔《ざんげ》悔僧さえ見当らず
罪びとのまま死んで行く
堕地獄《だじごく》覚悟の非道者《もの》。

そんな僕だが、嬉しいことに
真紅《まっか》に燃える信仰の絶頂感に溢《あふ》れてる
キリストを唯たより、ものに動ぜず
怖《おそ》れも知らぬ初期クリスチャンそのままの！

一八七二年九月—十月　ブリュッセル—ロンドン

*Birds in the night*

※原題は英語 Birds in the night. 一八七二年九月逃避放浪途中ブリュッセル滞在中に起稿、同十月ロンドンで完成した悲痛な長詩。ヴェルレーヌ一代の傑作のひとつ。「あなた」と呼びかけているのは一子をかかえて別居中の妻、マッティルドそのひと。夜鳥啼く時その声かなし。

## 水彩画の章の内

## グリーン

受けたまえ、ここに果実と花と葉と枝とこそあれ、
またここに、わが心あり、君にのみあこがれて鼓動《う》つ。
真白き君が指《おゆび》もて、引き裂きたもうことなかれ
願わくば麗しの君が瞳《ひとみ》に、これら貧しき捧《ささ》げ物、美し
　とのみこそ映れ。

朝の風冷たくもわが前髪に玉なせと結びやしけん
野の露に総《そう》の身ぬれてわれは来《き》ぬ。
許せ、わが疲れ、君が褥《しとね》の裾の端《は》に憩《いこ》いつつ
やがて来《こ》ん安らけき甘き時をば夢見るを。

今し給いし接吻《くちづけ》の響きになおもわななけるわれの頭《こうべ》を
うら若きふくらなる君がみ胸にもたれさせ。

※これも原題は英語の Green この集中の詩としては珍しく悲しみを忘れた一篇。恋のよろこびを端的に歌った佳作。早朝、野の露をふみわけて、まだ朝寝のベッドにある恋びとの枕べにかけつけた

かくてこそ歓びに総の身燃ゆるこの甘き暴風《あらし》すぎなん、
そのひまに、君やすく憩いたまえば、許されよ、しば
しわがまどろむことも。

*Green*

男の心臓の鼓動が、胸せまる急調となってリズムのうちに感じられる。すがすがしいグリーンを主調の一幅の水彩画。

## スプリーン

ばらの花は紅《あか》く
蔦《つた》の葉は黒かった。

恋人よ、あなたがちょっと動きでもすると
僕の絶望はたちまちにまた生れます。

空の色あまりに碧《あお》く、あまりにやさしく、
海あまりに緑に、空気はあまりに甘かった。

僕はいつも恐れます、——これが待つ身の心です！
——
むごくあなたに逃げられるのではないかと。

つやのいい葉の柊《ひいらぎ》にも
なめらかな葉の黄楊《つげ》の木にも、
はてしない広野《ひろの》にも、あれにもこれにも、
あなた以外のすべてに、僕はもうあきました！

*Spleen*

※この詩の原題もまた英語。Spleen は、ふさぎこみというほどの意味だが、十九世紀の中ころのフランス詩人に特に愛された心境であり、言葉であって、同じ題でボードレールも四篇の詩を書いているくらいだ。

## ストリーツ

### その一

マドロスおどりをひとおどり
そら、ひとおどり！

わしが好きなはあの娘《こ》のひとみ
空の星よりなお澄んで
いたずら好きなあのひとみ

マドロスおどりをひとおどり
そら、ひとおどり！

ほんに切ないあの娘の仕打ち

恋の奴《やっこ》にゃ命とり
ぞくぞくするほど嬉《うれ》しくて！
　マドロスおどりをひとおどり
　そら、ひとおどり！

わけて忘れぬあの娘のキッス
花の唇《くちびる》あのあまさ
いまじゃつれないあの娘だけれど。
　マドロスおどりをひとおどり
　そら、ひとおどり！

忘れられよか、忘れてなろか
逢《お》うた時々、嬉しい月日、
今じゃわたしの心のたから。

マドロスおどりをひとおどり
そら、ひとおどり！

ソホにて作る

※この詩の題も同じく英語。街頭所見というほどの意味だろうか？　＊ソホ—ロンドンの地名、Soho.

*Streets*

その二

やあ！　往来が川になったぞ！
五尺の塀《へい》の向う側、
突拍子もなく出現し
静まりかえる郊外を
音も立てずに
半透明に澄む波を
ころがして行く。
大そう道幅が広いので

黄いろい水は、死んだ女さながらに
ただ川霧を映すだけ
何の希望もないままに
あっけらかんと流れてる
夜が明けて朝の光が対岸の
黄いろと黒の別荘を
照らし出す時になっても。

パーデントンにて

*Streets*

## 乙女妻《おとめづま》

僕の単純さがまるっきりあなたには解らなかった
可哀相な僕の乙女妻よ!
そしてあなたは去《い》ってしまった

腹立ちまぎれに、気まぐれに。

やさしさ以外映してはならないあなたの瞳《ひとみ》なのに、
碧《あお》いいとしい可憐《かれん》なこれは鏡なのに
今では、そこに悩みのかげが現われて
見る目にさえもつらいとは、おお、いたわしの妹よ。

意地のわるい英雄さながらに、
小さな腕を振り立てて
肺病やみもさながらのしわがれ声でわめくのが
かつては全身これ歌のあなたの今の姿とは！

それというのがそもそもは、あなたが暴風《あらし》をこわがっ
て、
暴《あ》れ狂う僕の心をこわがって、
たまりかね、さびしがりやの小羊の姿さながら、

泣きながら母の手許へ逃げたため。
あなたは味わい得なかった、命の限り若くって、
不運に処して快活で、
幸運にいて浮かれない
強くけなげな愛の味!

*Child wife*

## 若い哀れな羊飼い

蜜蜂《みつばち》が怖《こわ》いように
僕には接吻《くちづけ》が怖い。
夜《よる》も寝られずに
僕は心配だ。

僕には接吻が怖い！

でも、やはり、僕はケートが好きだ
そうして彼女の美しい目が、
彼女は華奢《きやしや》だ、
面長で色白で、
ああ、僕はケートが好きだ！

今日《きよう》はヴァレンタイン聖者のお祭だ！
今朝《けさ》僕は彼女に告げねばならぬのだ……
でもそれは
なんとも口に出しにくい
ああ、さても、ヴァレンタインはつらい日だ！

彼女と僕は言いかわした仲だ
ああ、なんと嬉しいことだ！

とまたなんと難儀なことだ
言いかわした女の側《そば》に
恋人づらしているなんて！

蜜蜂が怖いように
僕には接吻が怖い。
夜も寝られずに
僕は心配だ。
僕には接吻が怖い。

*A poor young shepherd*

ビーム

彼女が海の波の上を渉《わた》りたいと望んだので
折から風はおだやか、晴れ間も見えて来ていたので

われら一同唯々《いい》諾々《だくだく》彼女のばかげた考えに従って
早速汐路《しおじ》を、歩いていたという次第。

雲ひとつない青空に太陽《ひ》は高々と照っていた、
彼女の髪のブロンドに金《きん》の光が照っていた、
と、いう次第で一同は彼女の歩調に従って
うねる波よりなお平穏に歩いていたが、楽しさ無上！

白い鷗《かもめ》がゆるやかに近くに舞えば
遠くには帆が真白に傾いた。
大ぶりな海草の枝が漂う中を
われら一同大跨《おおまた》に悠々《ゆうゆう》と歩《あし》を運んだ。

心もち不安げに彼女がうしろをふり向いた
一同の不安の有無《うむ》を確かめて。
寵《ちょう》を得てにこにこ顔のわれらと見るや

※この詩の題も英語、船腹とでも解しておきたい。たまたま乗った船の名が「フランドル伯爵夫人」

高々と頭《かしら》をあげて彼女はまたも歩き出した。
一八七三年四月四日、ドーバー、オスタンド間を航海中の汽船「フランドル伯爵夫人」号にてこれを作る。

*Beams*

だったり、英語で船を受ける代名詞は女性の she だったりするところから発想を得たファンタスティックな一編だ。

## ロンドン・ブリッジ

あの黒い水を見てごらん
「人市《シティ》」の汚物を押し流す泥の大河をごらん。
お前はそこに見るだろう、時に
日光を受けて金いろに光る藁屑《わらくず》が流れて行くのを。

出来るならつぎに、僕の心の中をごらん！
お前はそこに仄《ほの》かな光を見るかも知れない
これは僕の心が、むかし美しかったころの、思い出の

ようなものだ
これがあるために、心はせめて、いくぶんかなぐさめ
られる。

どうやら希望は日光に似ている
言わばどちらも明るさだ
一つは荒《すさ》んだ心の聖《きよ》い夢となり
一つは泥水に金の光を浮べてくれる。

*London bridge*

※この詩は後の『雑詩集』中の一篇なるも創作の時代を考慮してここに加えた。

# 知恵

# 初版の自序

この詩集の著者は以前から今日のようなものの考え方をしていたのではなかった。彼は長い間、罪と無知との自分の分け前を背負うて、この腐爛した末法の世の泥土の中をさまよい歩いて来た。身の咎《とが》ゆえの苦悩が、その後、彼の眼をひらいてくれた、神みめぐみ深くも彼にこの啓示を賜わった。長の年月心にもかけずに過してきた祭壇の前にひざまずいて、彼は今や「最善」の神を崇《あが》め、「全能」の神に祈願する、「教会」の従順な信者である。よしたとい、そのおこないにはなお多く至らないところはあっても、その志すところは正しい。

生来の薄志弱行の自覚と堕落の思い出とが、彼を導いてこの労作を果させた。実にこの詩集こそは、多年にわたる文学的沈黙の後に、彼が初めて世に問う信仰承認の公約書である。読者がこの詩集のうちに、今日新たにクリスチャンとなった著者が、つい最近の昨日《きのう》まで、彼自身もそのなかのひとりとして、憎むべき風俗に身をもちくずしていた世上の罪の子たちに対して持すべき寛大な態度に反する何ものも見出《みいだ》さないであろうことを、彼は切願してやまない。

そのくせ、集中二、三の作品は、この点について、彼が心ひそかに自分に命じた沈黙の約束を破ってはいるが、著者の希《ねが》いとしては、そのような作品とて、同じくまた、公約行為の必要にせまられて、最初から神の摂理によるさけがたい出来ごとに関するものなので、その熱情のなかに、読者にはもっぱら、フランス人としての希望と宗教的義務感に導かれてなされた罪の告白と、それに必要な証言以外のものは何も見ずにおいてもらいたいのである。

著者はきわめて若かった頃、それは十年も、十二年も以前のことだが、懐疑的であり、また哀れむべきほど軽佻浮薄《けいちょうふはく》な詩を公にしたことがあったが、しかし今度のこの集中には、世のカソリック教徒諸君のデリケートな耳を傷つけるような不協和音はひとつもないことを敢えて信ずる者である。はたしてそれが事実であってくれたとしたら、それこそは彼にとって最大の栄誉であり、矜《ほこ》るべき希望の達成なのである。


一八八〇年七月三〇日、パリにて。

# 知　恵　巻の一

## 1

黙々と馬を駆る覆面のよき騎士、
「不幸」は手の槍にわが旧来《もと》の心臓を突き刺しぬ。

わが旧来の心臓の血、一筋のみ赤くほとばしりしが
花を染め、たちまちに蒸発し終りぬ、太陽《ひ》を受けて。

わがまなこ陰に盲《めし》い、口よりは悲鳴立ち
かくしてわが旧来の心臓怖《お》じおののき死に果てぬ。

この時なりき「不幸の騎士」の近づきて、地上におり

立ち
その手のわれに触れたるは。
鉄《てっ》手袋の指、わが胸の傷深く入り探《さぐ》る間《ま》に、
激しき声にその人はみずからの法《のり》告げましぬ。

かく冷たき鉄の指にふれ、新しき心臓、
清くして誇り高き心臓われに生れぬ。

かくしてわが胸中、清浄無垢《むく》にあこがるる
若くして善《よ》き心臓は鼓動《うそ》ち初めしなり。

幻にまのあたり神を見る者と似て、
酔い心地、半信半疑、おののきてわがなおある間《ま》に、

かのよき騎士はふたたび鞍上《あんじょう》に戻り

遠ざかりつつ頭《かしら》もて会釈《えしやく》して宣《のたま》いぬ、
（今もなおその声を聞く思い）叫ぶがごとく疾呼《しつこ》して
「心せよ、いとせめて！　かかること、ただ一度《ひとたび》のものなれば」
*Bon chevalier masqué*……

5

女たちの美しさ、そのかよわさ、そうして時にはよいことをもするが
またどんな悪いことも出来るその白い手、
肉情に猛《たけ》り狂う男たちに「お止《よ》しなさいよ」と言うよりほか
どこにも動物らしさの残っていないその目、

そしていつも慈母のようにやさしく、われらの残喘《ざんぜん》を
　静めてくれる
偽る時にさえ甘いその声！
朝のよびかけ、さもなくば暮れ方のやさしい歌、
あるはまたさやけき合図、肩かけの襞《ひだ》にかくした忍《しの》び
　音《ね》の啜《すす》り泣き！……

荒々しい男たち！　惨《むごたら》しく醜い浮世の生活《くらし》！
ああ！　恋と争いとから遠く、かの山上に
何物かを残すことが出来るなら、何物か
子供のような美妙な心にまれ、親切にまれ、愛にまれ。

それはいずれでもよいのだが、
何物かを残すことが出来るなら！
げにや死の訪《おとの》う時、われらと何が一緒に来るだろう
　か？

われらの何がこの世に残るだろうか?
*Beauté des femmes,……*

6

おお、君たち、「悩み」と「悦び」、遠見《とおみ》の跛者《びっこ》の如《ごと》き
者よ、
またそなた、昨日《きのう》までは血を流し、今日《きょう》は神の愛に燃
え立つ心よ、
さるほどに、ついにあの事件は終った、
一切が、影も獲物も含めて
僕らの感覚から離れ去った。
鵞鳥《がちょう》の行列みたいに在《あ》りふれた埃《ほこり》っぽい道を辿《たど》り続け
た
古ぼけた幸福よ、古ぼけた不幸よ、

さようならだ！「笑い」も、笑い以上の古つわもの、
汝《なんじ》、暗く沈み勝ちな「寂寥《せきりょう》」も、その他一切もおさら
ばだ！

——無事な空虚と深い諦《あきらめ》が
心の奥にしみじみと平和を感じさせる或るものが
いかにも晴々とした爽《さわ》やかさに満ちた清浄さと、ただ
それだけが残ってくれた……

見てくれ給え！ あの当時、驕慢《きょうまん》の支配下に血を流し
続けたこの心が
今や神の愛に燃えて、尊《とうと》い死に辿りつこうと
人生を迎え嬉々《きき》として気負う姿を！

*O vous, comme un qui boite……*

7

終日照り続けた美しいまやかしの太陽《ひ》、
いま残照、赤銅《しゃくどう》いろにわなないている、哀れな僕の魂よ、
目を閉ざせ、可哀いそうだが家路を急げ、
華《はな》やかなあれがよからぬ誘惑だ、「邪悪」は避けよう。

陽光は長い炎の縞目《しまめ》を描いて一日じゅう
丘の葡萄《ぶどう》の上に照り
谷の刈麦に貼《は》りついて、歌でそなたに呼びかける
真澄《ますみ》の空を乱し続けた。

怖《おそ》れよう、そして引下ろう、合掌しながらゆっくりと。
あの過去が美しかるべき僕らの未来を食い荒すような
事があったら、一体どうなるだろう?

あの頃の狂気の沙汰《さた》が今また攻め寄せて来るような事
　があったら、一体どうなるだろう？
あの思い出の数々は、何度殺しても殺したりないのだ
　ろうか？
一世一代、ここが大事の瀬戸ぎわだ！
魂よ、祈ろう、暴風雨《あらし》に備えて祈るとしよう。
*Les faux beaux jours*……

8

安易ながらも気づまりな手職に生きる努力なら
それは見あげた志
侘《わび》しい日だけが続くというに陽気な心を失わず
断乎《だんこ》、貧しさにも堪えて、

大都会から来る騒音は、おお、神さま、
寺鐘《じしよう》の招き以外には耳さえ貸さぬ
時には洩らすせつなっ屁《ぺ》
あれとて素直に天職に熱中しすぎるからのこと

罪の子として罪びとの間に眠り
何よりも沈黙を愛するくせに、つとめて他人とも語り
忍耐深く長い時間も我慢する

厳しい悔悟に心を痛め、徳に乏しい生得《しようとく》ながら精進一《いち》
途《ず》の心がけ、
こんな気持の罪の子わたし！　さてここで守護の天使
が宣《のたも》うた、
——驕慢心の売込みなんか、耳がけがれる聞きとうな
いぞ！」

*La vie humbre……*

16

君がためにと啜り泣く
やさしき歌にきき入れよ。
そはつつましく、かろやかに
苔《こけ》の上ゆく岩清水《いわしみず》！

かつて親しきその声も
今はつぶやく忍び音《しのね》に
あわれやもめの侘《わび》しさか、
されどやもめの矜《ほこり》あり。

被衣《かつぎ》なびかす秋の風
襞《ひだ》の長さのかげすきて、
見えつかくれつ星かとも

胸にぞうつれそのまこと。

昔の声はさらに言う、
慈愛《なさけ》ぞ人の生命《いのち》なれ、
われらひとたび死なん時
ねたみ、にくしみ残るなし。

声はまた言う、たのむなく
偽らぬ身の栄《さか》えをば、
また金婚のよろこびを
勝たぬ安さの幸いを。

婚莚《めあわせ》うたのつつましき
調べにこもる声をきけ、
人なぐさむることよりも
嬉《うれ》しきことの世にありや!

怒りもなくて堪えしのぶ
心はかなし世に生きて
声の教えはあきらけし！……
かしこき歌にきき入れよ。

*Ecoutez la chanson bien douce……*

## 17

いとも小さく、いとも美しく
かつてわがものなりし手の、
死罪にも値するわが過誤のあと
邪教徒にも劣るわが乱行のあと
海を渡り、山を越え、国の内外《うちそと》
逃避放浪のわが旅のあと、

王朝の風俗《てぶり》にもまさる気高さに
いまその手の、わがために夢をひらくよ。

おお、幻の手よ、じかにわが魂の上に在《あ》る手よ、
いかにせば知るを得ん、かつておん身らが、
罪深きわが放蕩《ほうとう》のさなか、
自失せるわが魂に、よくぞ言いくれし言《こと》の葉《は》?

親和感と
母のごときいたわりと
広くして狭き心づくしとより成る
邪心なきわがこの幻に、何とてか偽りあらん?

忘れ得ぬその悔恨よ、甲斐《かい》ある苦悩よ、
祝福されし夢よ、おお、彼女の手よ、
尊き手よ、

われを赦《ゆる》すと手ぶり見せてよ！
*Les chères mains qui……*

22

わが魂よ、なぜ悲しんだりしているのか、
死ぬほどまでに、悲しんだりしているのか？
努力《ふんばり》がそなたに呼びかけているのに、
最後のひと努力《ふんばり》が
そこに来てそなたに呼びかけているというのに？

ああ、当為を果すかわりに
ねじりっぱなしのそなたの手、
嚙《か》みしめたそなたの唇《くちびる》
締りのない唇の沈黙、
死んだように無気力なそなたの目！

入信への希望を
そなたは失ったのか？
より確実に
安心立命を得ようとの
あがきは失《なく》したのか？

まずその睡気《ねむけ》を追っぱらうがよい
めそめそした夢見心地も一緒に。
夜は明けて日がかがやいている！
見るがよい、今が決行の時だ、
天は紅潮してわないている、

まばゆい光が、
見えて来た一切のものを
黒い一線で浮き上らせ

「当為」とそのきびしい
姿をそなたに見せてくれる。

「当為」に向って堂々と進むがよい、
そなたは気づくはずだ
なおざりにしていた間じゅう
一見きびしそうに見えていた
「当為」の在り方がやわらぐのに。

「当為」だけがそなたのために
黄金《おうごん》よりも尊く
地上の何ものよりも確実な
愛と神秘の宝物を
保管してくれる、
「当為」だけが保管してくれる

※当為―ドイツ語 Sollen を訳した哲学用語。まさ

不可視の財宝を、未曾有《みぞう》の歓喜を、
神の平和へのふんばりを、
法悦の恍惚感《こうこつかん》を
現実世界の忘却を、
——特に現実世界の忘却を！
*Pourquoi triste, ô mon âme……*

になすべきこと。至上命令的に要求されていること。
落ちこんだ泥沼の生活から、自分をはげまして、正道に立ちあがろうとする、詩人の努力と倦怠の歌。

## 知　恵　巻の二

1

おお、わが神よ、御身は愛をもてわれを傷つけたまえり、
その傷手《いたで》なお疼《うず》きたり、

おお、わが神よ、御身は愛をもてわれを傷つけたまえり。

おお、わが神よ、御身が畏怖《おそれ》は雷《らい》のごとわれを撃ちたり、
その火傷《やけど》なおここに鳴りはためけり、
おお、わが神よ、御身が畏怖《おそれ》は雷のごとわれを撃ちたり。

おお、わが神よ、われはもの皆の醜きを知れり、
かくて、わがうちに御身が御栄《みさか》えは置かれぬ、
おお、わが神よ、われはもの皆の醜きを知れり。

わが魂を御身が「葡萄酒《ぶどうしゅ》」に溺《おぼ》れさせたまえ、
わが生命《いのち》を御身が食卓の「パン」に溶け入らせたまえ、
わが魂を御身が「葡萄酒」に溺れさせたまえ。

見そなわせ、ここにあり、わが流さざりし血潮、
見そなわせ、ここにあり、悩みにも値せぬわが肉、
見そなわせ、ここにあり、わが流さざりし血潮。

見そなわせ、ここにあり、恥じ赤らむよりは術《すべ》もなき
　わが額《ぬか》、
尊き御身が御足《みあし》の台たるべく、
見そなわせ、ここにあり、恥じ赤らむよりは術もなき
　わが額。

見そなわせ、ここにあり、働かざりしわが手、
御身が御前《みまえ》に赤き火と香《こう》を焚《た》くべく、
見そなわせ、ここにあり、働かざりしわが手。

見そなわせ、ここにあり、空《むな》しくのみこそ鼓動《う》ちしわ

が心《しん》の臓、
カルヴェル山《やま》のいばらに疼《うず》くべく、
見そなわせ、ここにあり、空しくのみこそ鼓動ちしわが心の臓。

見そなわせ、ここにあり、浮気なる旅人《たびびと》なりしわが足、
御《み》めぐみの叫びのもとに馳《は》するべく、
見そなわせ、ここにあり、浮気なる旅人なりしわが足。

見そなわせ、ここにあり、いまわしき偽りの響きなりけるわが声、
身の罪《とが》をわれとわが身に責むるべく、
見そなわせ、ここにあり、いまわしき偽りの響きなりけるわが声。

見そなわせ、ここにあり、あやまちの灯火《ともし》なりけるわ

が眼《まなこ》、
祈りの涙に消ゆるべく、
見そなわせ、ここにあり、あやまちの灯火なりけるわ
が眼。

あわれ、御身《おんみ》、喜捨の神、赦免の神、
いずれかわが不義忘恩の積る井《い》ぞ?
あわれ、御身、喜捨の神、赦免の神!

畏怖《いふ》の神、神聖の神、
あわれ、わが罪業《ざいごう》のこの暗き淵瀬《ふちせ》よ、
畏怖の神、神聖の神、

御身、平和の神、よろこびの神、幸福の神、
すべてのわが怖《おそ》れよ、すべてのわが無知よ、
御身、平和の神、よろこびの神、幸福の神、

御身はそれらすべて、すべてを御身は知りたまえり、
またわれの何人《なんびと》より心貧しきことも。
御身はそれらすべて、すべてを知りたまえり。

されど、わが神よ、われ捧《ささ》ぐ、御前《おんまえ》に、わが持てるなべてのものを。
*Ô mon Dieu,*……

※「葡萄酒」—キリストの血。＊「パン」—キリストの肉。＊カルヴェル山—カルヴァリオの丘、キリスト磔刑の地。

4

その一

神われに宣《のたま》いぬ、「わが子よ！　われを愛せ。汝《なんじ》は見る
刺されたるわが脇腹と、輝きて血を流すわが心臓と、

涙もてマドレーヌが洗う、辱《はずかし》めうけしわが足と、
汝《なんじ》が罪の重みに悩むわが腕と、さてはわが手と！

汝は見る、また十字架を、汝は見る、また釘《くぎ》を、
黒血《くろち》を、海綿を。かくてそれらはことごとく汝に教うるなり、
肉の領《りよう》ずるこの苦《にが》き世にありて、ただにわが『肉』と
わが『血』と、わが訓《さとし》と、わが声をのみ愛すべしと。

いかに、われ身の死に至るまで、みずから汝を愛せざりしか？
おお、わが『父』によるわが同胞《はらから》よ、『聖霊』によるわが子よ、
いかに、われ予言の書《ふみ》に記《しる》されしごとく悩まざりしか？

わが在《あ》る所にも、われを尋ぬる、哀れなる友よ、
いかに、われ汝が苦しめるとき、啜《すす》り泣かざりしか？
われ汝がせつなき夜《よる》の汗に濡《ぬ》れざりしか、いかに？」
*Mon Dieu m'a dit*……

その二

われ答えて言いぬ、「主《しゅ》よ、御身《おんみ》は、わが思いを語りたまいぬ
われ、御身を尋ぬれど、見出《みい》でざるはまことなり。
さりながら、御身を愛すとや！　先《ま》ずいかにわが低きに在るか見そなわせ、
その愛の炎《ほのお》のごとく常に高きに昇り行く御身。
渇《かっ》しては人皆の求むる安けさの泉なる御身、
あわれとも、しばし見そなわせ、惨なるわが闘《たたか》いのさ

まを
われいかで敢えてなすべき、けがれたる匍匐《はらばい》に血のにじむ膝《ひざ》つきて、
御身が地上の足あとを額《ぬか》たれておろがむわざも？

さあれはた、手さぐりに、長き日を、われ御身を尋ねてやまず、
われ希《ねご》う、ああ、せめて御身がかげ、わが恥をかくしもせよと、
さるを御身は影を持ちたまわず、おお、愛は高きに昇り行く御身。

おお、御身は静かなる泉なり、その責苦《せめく》、愛する者にのみ苦《にが》し、
おお、御身はありとある光なり、
見ざるはただにいと重き接吻《くちづけ》のまぶたを閉ざすやから

のみ！」

*J'ai répondu……*

その三

――われを愛せ！　われは普《あまね》き「接吻」なり、
われは汝《なんじ》が言えるそのまぶたにしてまたその唇《くちびる》なり、
おお、いとしき病人《やまうど》よ、汝《なれ》をなやますその熱も
常にわれなり！　故《ゆえ》により、汝《なんじ》敢えてわれを愛せ！

さなり、わが愛はましぐらに
汝《なんじ》が山羊《やぎ》の哀れなる愛の攀《よ》じ得ざる所まで昇りゆき
兎《うさぎ》を奪う荒鷲《あらわし》のごとくにも汝《なれ》を運ばん、
なつかしきかの空の水そそぐ百里香《ひゃくりこう》匂《にお》うあたりへ！

おお、わが明らけき夢！　おお、わが月かげの中なる

汝《なんじ》が目の光！
おお、霜の中なるこの光と水とよりなる寝床
すべてこの無垢《むく》清浄《せいじょう》よ、すべてこのやすけさの祭壇
よ！

われを愛せ！　この言葉ぞげにわが至上の声なり。
汝《なんじ》が全能の神なるわれは何事も欲するを得《う》るなれど、
しかもなおわれ欲《ほ》りす、先ず汝《なんじ》のわれを心より愛し得
んこと！

*Il faut m'aimer!*

その四

――主《しゅ》よ、そは過ぎたり！　まことにわれ敢えてなし
得ず。愛すとや、誰をとや、「御身《おんみ》」をや？
おお、否よ！　われわななき、われ敢えてなし得ず、

おお、われ「御身」を敢えて愛し得ず、
われ望まず！　われにその価《あたい》なし。
「御身」は「みめぐみ」の風に咲く大いなる「ばら」
なり。

おお「御身」はありとある聖者の心なり、
また「御身」はかつてイスラエルの妬《ねた》みなりき、
また「御身」は半開の無垢なる花にのみ憩《いこ》う汚れざる
蜜蜂《みつばち》なり、
さるを何事ぞ、おのれ、おのれ、おのれ「御身」を愛
し得んとは！　御身心の狂*いたもうか。

「父」よ、「子」よ、「聖霊」よ？　おのれ、この罪の
子、逸楽の子、
この心おごりて悪業《あくぎょう》を務《つと》めのごとくなせしもの
その官能の何処《いずこ》にも、嗅覚《きゅうかく》も、触覚も、味覚も、

＊原注　聖オオガスタンの言葉なり。

視覚も、聴覚も、その心のうちの何処《いずこ》にも、在るはただ、
その希望のうちにも、その悔悟のうちにも、在るはただ、
ただ一つ年老いしアダンのみ身を焦《こ》がす愛撫《あいぶ》のよろこび？

——*Seigneur, c'est trop!*……

その五

——われを愛せ。われは汝《なんじ》が語りし「それらの狂人」なり、
われはかの古きアダンを食いつくす新しきアダンなり、
われは汝《なんじ》がローマをも、汝がパリをも、汝がスパルタをも、またソドムをも、

腐りたる食《しょく》の中にある餓《う》えたる者のごとく喰《くら》いつくすなり。

わが愛は火なり、そはすべての狂える肉を焼きつくし、
さて香煙《こうえん》のごとくに消え失せしむ、
わが愛はまた洪水なり、そが濁流のうちに
わが蒔《ま》きし悪《あ》しき芽生えを、ことごとくおし流す、

かくするは、やがてその上にわが死すべき「十字架」の、建てられんがためなり、
またみめぐみのおそるべき奇蹟《きせき》によりてやがて汝心《なんじ》なごみてうちわななき、わが方《かた》へ来たらんがためなり。

愛せ。汝《なんじ》が闇《やみ》より出《い》でよ。愛せ。これわが永久《とわ》に変らざる思いなり、
頼りなき哀れなる魂よ、

われを汝《なんじ》愛すべく、われことさらにここに残りぬ！

——*Il faut m'aimer*

その六

——主よ、われ怖《おそ》る。わがうちにわが魂はことごとく
わななけり。
われも今、われ御身を愛すべきなりと観じかつ感ずれど、
しかもなお、これのみは、いかでわれなすを得べきぞ、
おお、御身大神《おおみかみ》よ
御身が恋人たらんこと、善人の徳も怖るる理《ことわり》ならずや？

さなり、そは為しがたきことにあらずや？
わが心そこにその身を埋《うず》めんと掘りいたる伽藍《がらん》の屋根

ゆるぎ出《い》で
われ感ず、わがうちに天の気みなぎり入《い》るを、
かくてわれ御身に問う、「御身よりわれへの通《かよ》い路《じ》は
いずくにありや？」

わが方《かた》へ御手《おんて》さしのべたまえ、このうずくまれる肉と
この病める魂とを持上《もた》げさせたまえ。
されどもそはあり得べきことか、かりそめにも、

その聖《きよ》き頰《ほお》ずりをわれに給わらんことの？　やがて来《こ》
ん一日《ひとひ》、かつてわれらが心なりし御身が心の上に、
かつて使徒《みでし》の額《ぬか》ずきし同じ場所に、御身が御胸《みむね》のうち
に、
その頰ずりを見出し得んこと？

*Seigneur, j'ai peur*

## その七

――そは可能なり、わが子よ、汝《なんじ》もしそれに値せんと
　希《ねが》わば、しかり、見よ、そはここにあり。
花咲ける百合《ゆり》へと翔《と》び行く蜂《はち》のごとく
汝がよりどころなき無知をして
わが宗門のひらかれし腕《かいな》の方《かた》へと行かしめよ。

わが耳の近くに来たれ。さてそこに注《そそ》げ、思いきりか
　くさざる卑下の心を。
矜《ほこり》も捨て飾も捨てすべてをわれに告げよ
かくて悔いあらための美しき花束をわれに捧《ささ》げよ。
さて遠慮《はばかり》なく心安くわが食卓にきたれ、
われそこに汝に饗《きょう》せん、美味なる食《しょく》を

天使欲すれば、みずから来たりてまた席にあらん。
かくて汝《なんじ》は飲まん、変らざる「葡萄酒《ぶどうしゅ》」を、
その酒の力、その酒の甘さ、その酒のよろしさ、
汝が血のうちに不死の生命《いのち》をはぐくまん。

◆

さては去り行け！　それによりわれ汝が肉となり理性となる
かの愛の奇蹟をばつつしみ深き心に信ぜよ。
ことにまたわが家にしばしば来たれ
そこに来て渇きをいやす「葡萄酒」と
それなくば人の世は裏切りに終るべき「パン」とを分ち、
わが「父」に祈り、わが「母」に乞《こ》うて、追われて汝

地上にある日
なお汝《なんじ》の、声立てず毛を刈らるる羊のごとく、
またはかの清浄と麻布《あさぬの》とを着たる童《わらんべ》のごとく、
汝が哀れむべき自惚《うぬぼれ》と本性とを忘れんがため
かくてはついに汝《なんじ》いささか
われに似るものとなり得んがため、
このわれよ、その昔、ヘロデ、ピラトの世にありて、
ペテロとユダとありしころ、汝のごとく罪人《つみびと》として苦しみて罪人として殺されしぞ！

◆

それもまた忘れ得ぬよろこびの一つなるこれらの義務を
汝がよくもはたすその心を賞《め》でて

地上にてわが初穂《はつほ》の味を汝に知らしめん、
心のやさしさ、貧しくてあることの愛、ふしぎなる

わが夕《ゆうべ》、魂は静かなる望みにひらき、
わが約《やく》によりて、「久遠《くおん》の酒杯《さかずき》」に口つくると思う時、
つつましきかの空《そら》に月すべり、
寺の鐘、ばら色と黒に鳴る時、

わが栄光の中を行く昇天を、
わが変りなきめぐみに包まるる果《はて》しなきめざめを、
いやはてのわがほめ言《ごと》の言葉を、

さむるなき恍惚《こうこつ》と知と、
わがうちに、汝がなやみの輝きに包まれて在《あ》ることの
　よろこびを知らしめん、
汝がなやみ、かつてわが愛《め》でにけるわがなやみなる

を！

——*Certes, si tu le veux mériter,*

## その八

——ああ、主《しゆ》よ、われいかにしてけん？　あわれ、見
　そなわせ、わが主、
われいま不思議なるよろこびの涙に濡《ぬ》れてあり、
御身《おんみ》が声は同時にわれをよろこばせ、われを苦します、
その喜びも苦しみも同じくわれに嬉《うれ》しきかな。

われ笑い、われ泣く、盾《たて》に立ちて
運ばれ行く青白《せいはく》の天使の姿ある戦場へ
征《ゆ》けと鳴るラッパを聞くと似たるかな、
その音《ね》ほがらかにわれを導く男男《おお》しき心へと。

選ばれて在ることの恍惚と不安とふたつわれにあり、
われにその価《あたい》なし、されどわれまた御身が寛容を知れり、
ああ！　こは何たる努力ぞ！　されどまたなんたる熱意ぞ！
見そなわせ、われここにあり、御身が声われに現わせし望みに眼《まなこ》くらみつつ
なおしかも心つつつましき祈りにみちて
おののきて、呼吸《いき》したり……
——*Ah, Seigneur, qu'ai-je?*

その九

——哀れなる魂よ、げにそれなり
——*Pauvre âme, c'est cela!*

※「選ばれて在ることの恍惚と不安とふたつわれにあり」—太宰治が愛誦した詩句。生前最初の小説集『晩年』の扉にエピグラフとしてこれを誌している。死後出生地津軽の金木町に建てられた記念の文学碑にも、この詩句がこの訳で大きく刻まれている。

# 知恵　巻の三

## 3

希望は家畜小屋の中の一筋の藁屑《わらくず》ほどに光ってる。
夢中で飛びまわる狂ったあの蜜蜂《みつばち》がなんでそんなに怖《こわ》いのか？
ごらん、太陽の光はいつだって隙間《すきま》を見つけてさし込むさ。
テーブルに肱《ひじ》ついて、あんたは居眠りするがよい。
衰弱しきった魂よ、せめてこの冷たい井戸水を飲んでごらん。
そして眠るがよい、そらね、あたしは残っていてあげ

※お解りになりましたか この詩？ 内容のつながりが、言葉のいきさつが、一体、誰がどこで喋っているのでしょうか？ 明快を特徴の一つに数えるヴェルレーヌ詩にあって、これは珍しく晦渋な一篇ですが、実はこの晦渋は

ますよ、
残ってあんたの昼寝の夢を守ってあげる。
あんたは多分揺籃《ゆりかご》の童《わらべ》のように歌い出すかも知れない
ね。
正午《ひる》の鐘が鳴っています。お願いです、どうぞ奥さん
お引取り下さい。
この人は眠っています。この人のような不幸な男たち
の頭に
女の足音が鋭くひびくのは実に不思議なくらいです。
正午《ひる》の鐘が鳴っています。言いつけてお部屋に灌水《かんすい》さ
せておきました。
さあ、おやすみなさい！　希望は穴ぼこの中の小石ほ
どには光っています。
ああ、花おそき「九月ばら」咲くはいつやら？

故意のものだと、友人ルペルチエにはっきり報告しています。ランボーに教えられた手法によったと言うのです。つまり、ここに出て来るすべては象徴として解釈さるべきものなのです。すると途端にこの詩に美しさと深さが加わり、すぐれたソネットだとうなずかれもし、好きにもなれます。獄中詩人の独白に始まり、教誨師らしい人のいたわりの言葉に変り、別居中の妻マッティルドの幻らしい姿も現われ、終末の「九月のばら」へとつながるのですが、これは詩人の心に残る娑婆への希

*L' espoir luit comme……*

4

ガスパール・ハウザーの歌

おとなしい孤児《みなしご》として僕はやって来ました、
静かな自分の目だけをたよりに
大都会の男たちのいる方へと。
僕を利口だとは誰も認めませんでした。

はたちになると新たな苦労が生れました
恋のほむらという奴《やつ》が、僕に
美しいと思わせました、
でも、女たちは僕を美しいとは見ませんでした。

国も王様も持たないくせに

望のかけらでしょう。

※この詩でヴェルレーヌがわが身にたとえて歌っているGaspard Haüserは、ナポレオン一世の皇后だったジョゼフィーヌの姪、ステファーヌ・ド・ボーアルネの息子だ

おまけにいっこう勇敢でもないくせに
戦死がしたくなりました。
でも、死神《しにがみ》は僕を奪《と》ってはくれませんでした。

生れるのが早過ぎたか、遅過ぎたか？
この世で僕は何をすべきでしょうか？
ねえ、皆さん、僕の悩みは深いのです、
皆さん、お祈り下さい、哀れなガスパールのために！

*Je suis venu,……*

5

暗く果てなき死のねむり、
われの生命《いのち》に落ち来たる。
ねむれ、わが望み、
ねむれ、わが欲よ！

と推定されながら、幼少の時分人さらいに連れ出され、貧民の子として育てられ、数奇な生涯を送ったという、半ば伝説的な人物。ヴェルレーヌはこれが好きで、他にも『バレーのためのセナリオ』と題する文章にこの人物を主人公として登場させている。

※ヴェルレーヌは、この絶望の詩を、一八七三年八月八日に書いたと記録に残しているが、それは彼の一生の凶つ日、誰も予想しなかったほど重い禁錮刑二年の宣告を受けた当日だ。この悲しい日

わが目はや物を見ず、
善悪《ぜんなく》の記憶
われを去る……
悲しき人の世のはてや！

われは墓穴《はかあな》の底にありて
隻手にゆらるる
揺籃《ようらん》なり
ああ、黙せかし、黙せかし！

*Un grand sommeil noir*

6

屋根の向うに
　空は青いよ、空は静かよ！

を思い出し、後年彼は、「宣告の直後は、人前もあり、なんとか落ついていましたが、鉄鎖につながれ、書記に守られて、警吏の待つ廊下へと、一歩移るや、私は小児のように、声を立てて泣き出しました……」と、書いている。つまりこの詩は、監房へ戻ったその小児が、自分と自分の苦悩を眠らせようと、歌いきかせた子守唄なのである。
※ヴェルレーヌは『わが牢獄』に、この詩の解説を、次のように書いている。「僕の窓の前に聳える塀ごしに、（そうなんだ、窓を一つ、それも本

屋根の向うに
　木《こ》の葉が揺れるよ。
見上げる空に鐘が鳴り出す
　静かに澄んで。
見上げる木《こ》の間《ま》に小鳥が歌う
　胸のなげきを。

神よ、神よ、あれが「人生」でございましょう
　静かに単純にあそこにあるあれが。
あの平和なもの音は
　市《まち》の方《ほう》から来ますもの。

——どうしたというのか、そんな所で、
　絶え間なく泣きつづけるお前は、
一体どうなったのか

物の窓を一つ僕は持っていたわけだ！　すきまの狭い鉄棒が、がっちりはめこまれていたのはもちろんだが）それと死ぬほど悩まされた倦怠感の言わば捨て処のような何んともわびしい中庭ごしに、辻公園か近くの並木通りに生えている高いポプラの枝葉が、折から八月のことなので、肉感的にわななきながら、風に揺れるのが見えていた、そしてその時また、遠方のお祭騒ぎの音が、かすれながら僕の耳もとへ届いたものだ。……それで僕にこの詩が出来たというわけだ」あくまで青く澄ん

お前の青春は？

*Le ciel est, par-dessus le toit*

だ夏空と作者なる囚人の
心の暗さの対比が、実感
に裏づけされて読む者の
心を打つ。

7

　なぜかは知らぬが
　苦しむ心は
不安な翼《つばさ》をひろげては
狂おしく海面を飛びまわる。
　愛情は
　親しいすべてを
　恐怖の翼をひろげては
波すれすれにいつくしむ
なぜだろう？　なぜだろうか？
　うらさびしげに飛ぶ鷗《かもめ》、

あれが私のこころ、
空吹く風のままに揺れ
波傾けばかたむいて
うらさびしげに飛ぶ鷗。

　太陽に酔い
　自由に酔うたこの鳥を
無辺際なる海の上
導くはただに本能。
　夏　そよ風は
　あかく照る波すれすれを
眠くなるほど気持よく
運んでくれる。

　時に悲しく鷗は鳴いて
　沖の船長《ふなおさ》驚かす

また時に逆風《さかかぜ》に身をもまれ
幾度か沈んではまた浮き上り
傷ついて飛び立って鷗は叫ぶ！

なぜかは知らぬが
苦しむ心は
不安な翼《つばさ》をひろげては
狂おしく海面を飛びまわる。
愛情は
親しいすべてを
恐怖の翼をひろげては
波すれすれにいつくしむ
なぜだろう？　なぜだろうか？

*Je ne sais pas pourquoi*

※人生航路の哀れな難破船だったヴェルレーヌは、海と孤舟に発想を得た詩を数篇残したが、これもその一篇。この詩の作られた一八七三年七月には、ランボーに対する傷害罪で逮捕され、ベルギーの未決監で正式裁判の日を待っていた。原作には、首尾を一貫して、この詩人の心の訴えの声が、遠い海の潮騒のように、伴奏となって鳴り続けるのだが、この翻訳ではどうでしょうか？　耳を澄ませてお聞き下さい。

9

とぎれとぎれに吠《ほ》えながら
小山の裾《すそ》にたむろする北風の中
角笛《つのぶえ》の音《ね》は切々《せつせつ》と、孤児さながらの悲痛さを
森に向って訴えて、さては消えゆく。

夕づく日かげ傾けば
角笛の音《ね》は高まさり
甘く悲しく訴える、
死にかけて泣く狼《おおかみ》の魂の声かとも。

訴える笛のうめきを和らげて
糸屑《いとくず》めいて縷々《るる》として雪はふる
血の色の夕日の中を。

静かに今日《きょう》の暮れ行けば
秋の溜息《ためいき》さながらの空気の底に、
身をいたわるか、もの憂げな景色は沈む。

*Le son du cor s'afflige*

13

生垣《いけがき》はむっくりした群羊《ぐんよう》の長い列、
やわらかに、どこまでも。
青いスグリの実の匂《にお》う
霞《かすみ》の奥には明るい海。

若草のみどりの上に爽《さわ》やかに
遠見《とおみ》の木立、水車小屋、
ころげまわって戯れる
身軽な仔馬《こうま》の群れもいる。

今日《きょう》、駘蕩《たいとう》の日曜日、
よく肥えた仔羊たちも遊んでる
あくまでやさしく
まっ白く。

さきがた鐘が鳴っていた、
笛の音《ね》ほども澄んだ音《ね》を
ミルクのようにおだやかな
空いっぱいにみなぎらせ。

一八七五年ステックネー（英国）

*L' échelonnement des haies……*

15

大寺院よりもなお一層

美しいのが海、
誠実な乳母《うば》、
断末魔を楽《らく》にしてくれる子守唄《こもりうた》、
聖母さまが波の上にお立ちになって
祈っておいで下さる海！

恐ろしいことも出来るが
やさしいことも海には出来る。
海の怒りが聞えもするが
海の赦免《ゆるし》も僕には聞える。
広大無辺の大海原は
酸《す》いも甘いも解ってくれる。

機嫌《きげん》のわるい時にさえ
海は我慢を失わぬ
好意の息吹《いぶき》が波をしずめ

僕らのために歌ってくれる
「救いを持たぬ御身《おんみ》らも
苦しみなしに死ねますように！」と。

さてやがて、
明るく笑う空のもと
青いと見ればばら色に
グレーと見ればば浅みどり、
海は誰より美しく
海は誰より親切だ！

一八七七年バーンマウス（英国）

*La mer est plus belle……*

# 昔と今

# 詩法

シャルル・モーリスに

音調を先ず第一に、
そのゆえに「奇数脚《きすうきやく》」を好め
おぼろげに空気に溶《と》けて
何ものもとどこおるなき。

心して言葉をえらべ、
「さだかなる」「さだかならぬ」と
うち交る灰いろの歌
何ものかこれにまさらん。

かくてそは面紗《ヴエール》の陰の明眸《めいぼう》なり、
かくてそは正午《まひる》わななく光なり、
かくてそはぬくもり消えぬ秋空に
ちらばる青き星かげなり！

われら詩に「色彩《あいろ》」を求めず、
「配合《ニユアンス》」を、ただにかの「配合《ニユアンス》」をのみ！
げに「配合《ニユアンス》」ぞ、夢を夢、
笛の音《ね》を角《かく》の音《ね》にこそ婚《めあわ》すれ。

刺すごとき「鋭き言葉」、
醜《むご》き「諧謔《かいぎやく》」、不純なる笑いは避けよ、
これら品《しな》くだる料理の韮《にら》か
「天」の目をさえ泣かしむる！

雄弁をとらえ、縊《くび》り殺せ！

君またことのついでに
「脚韻」を窘《たしな》めて身のほどを知らしめよ。
さなくんばこの者ついにつけあがり増長せんを!

ああ、誰か「脚韻」の害毒を言うものぞ?
いかなる聾者《ろうしゃ》、はた狂人、
磨くほどいよよ空《むな》しき
この宝石をつくりしぞ?

音調を、なおも、いつも?
君が詩句に翼あらしめ
魂の奥所《おくが》より出《い》で、別の空、別の愛へと
天翔《あまが》ける歌たらしめよ。

さわやかなる朝風の香《か》をゆする
薄荷《はっか》とも百里香《ひゃくりこう》とも身にしみてかなしきものと、

御身《おんみ》が歌をなしたまえ、
その他はすべて記録のみ。

*Art Poétique*

## 厭《いや》な奴

ジャン・モレアスに

月あかりひときわ不気味に痩《や》せて見せる
髑髏《どくろ》の目のような目つきして
僕の過去のすべてが――否、僕の悔恨のすべてがと言
　おう、――
窓外で僕を冷笑する。

芝居でだけ見るような、

ひどく衰えた老人の声で
僕の悔恨のすべてが——否、僕の過去のすべてがと言
おう、——
ふざけた端唄《はうた》を口ずさぶ。

青ぐろくなった縊死者《いししゃ》のそれのような指で
この妙な男がギターをかなで
そして見とおしの利《き》く未来の前に立って
珍しく弾《はず》みのある歌に合せて踊り出す。

「老いた道化よ、面白くもない、
そんな歌はやめろ、そんな踊りはよせ」
すると例の気味わるい声で奴《やつ》が答える
「これはお前が思うほど、おどけや冗談ではないぞ。

おお、心やさしい青二才よ、

これがお前の気に入ろうと入るまいと
一向わしはかまわない
厭なら勝手に出てお行き！」

*Un pouacre*

# 愛

## 或るやもめの言葉

僕は海上に一群《いちぐん》を見る。
どこの海上？　僕の涙の海上さ。
潮風に濡《ぬ》れた僕の目、
この暗い不気味な夜《よる》の海上の
二つの星。

それはひとりの若い女と
すでに大きい彼女の息子《むすこ》だ、
ふたりは、漕《こ》ぐ人も、帆も柱もない船中で、
潮のまにまに流されて……
哀れひとりの童《わらべ》と女！

潮路のただ中に暴風雨《あらし》にもまれて！
子は母親にしがみつき、
母すでに、どこで何する自分やらわきまえぬ……。
狂おしくただ祈るのだ
潮路のただ中に暴風雨《あらし》にもまれて。

哀れ、狂わんとする女よ、「神」をたのめ、
子よ、われらが「おん父」を信ぜよ。
君らを悩ますこの暴風雨《あらし》も
やがて静まると僕は予言する、高所から、
狂わんとする女よ、子よ！

やがて海上の一群に平和が来《こ》よう、
この涙の海上にさまようよき一群に！
その時僕のよろこびの眼《まなこ》は、あたら夜《よ》の
静かに晴れた空に

海の上行く二人の天使の姿とも見えよう。

一八七八年作

*Un veuf parle*

## リュシアン・レチノア詩篇

1

私《わたし》の息子は死にました。おお、神よ、私はあなたの掟《おきて》
　を讃《たた》えます。
私はあなたに捧《ささ》げます、誓いにも反《そむ》きがちな心の涙を。
あなたは激しく罰したもう。そしてひとりに対する愛
　のために
衰えかけていた信仰を元の完《まった》さに返して下さる。

あなたは激しく罰したもう。ああ、私の息子は死にました！
あなたは彼を私に賜わりました、そして今あなたの右の手は
私から彼を取り戻しになる、折も折、私の疲れた哀れな足が
この隘路《あいろ》に立って、あのなつかしい案内者を呼び求めている時に。

あなたは彼を私に賜わりました、あなたは私から彼を取り戻しになる、
あなたに御栄《みさか》えあれ！　与えられた宝を愛する甘美さに酔うて
この事件の意味するあなたの寛大なお慈悲を
私はあまりにも忘れすぎていました。

あなたは彼を賜わりました、今あなたに清らかなまま
　の彼をお返しいたします、
徳行と慈愛と無邪気でかためられたまま。
その代り、どうぞお赦《ゆる》し下さい、怖《おそ》るべき神よ、強い
　神よ、
心弱さに悩むこの哀れな者を。

泣くままに泣かせて下さい。選ばれた彼を祝福させて
　下さい。
おお、キリストよ、
あなたもお望みでございましょう、私が最後に亡《ほろ》びた
　後《のち》、
「あなた」のうちに「彼」に還《かえ》る楽しい時を祈りが多
　少とも近づけることを。

*Lucien Létinois*

## 5（断章）

愛に夢中になる、これが僕だ。
弱いくせに僕の心は気ちがいだ。
時も所も相手もかまわずに
美の、美徳の、勇気の片鱗《へんりん》が
ちらっとでも光ると、僕の心は
あわてて、それに向って、飛びついて行き
自分が選んだその物なり、人なりを、
一分間に百回も接吻《くちづけ》せずにはおかない……
……愛に夢中になる、これが僕だ。
どうしたらよいのだ？
仕方がないさ！　そのままにして置くさ！

*J'ai la fureur d'aimer*

10

彼、スケートがすばらしく、
気負いこみ、さっとばかりに滑《すべ》り出し、
あっという間《ま》に、戻っていた、颯爽《さっそう》と！

年若い大ぶりな娘のように痩《や》せぎすで
縫針みたいに輝いて、生気があって、強靭《きょうじん》で、
鰻《うなぎ》ほど柔軟で、はずみがあって。

なんたる視覚の錯覚か
甘やかな憂《うれ》いふくむと見えながら
明るくて頼もしい目《まみ》

遠い、不可視の的《まと》目ざす
猛スピードの彼のこと

姿さえ見えないことも、ままあった。
今日も今日とて姿なし。
どこにどうしているのやら？
どこにどうしているのやら？

*Il patinait merveilleusement*

## 13

よかった、やっと見つかった
　竹の柱に茅《かや》の屋根
終《つい》の棲家《すみか》かこのねぐら。
　秘めたこころの野望なら
神に捧《ささ》げて忘れよう。
　若い昔の過誤《あやまち》は拭《ぬぐ》い清めた浄玻璃《じょうはり》の
澄んだ涼しい胸の底。

無垢《むく》と純情、身のまわり。
　イエズスさまもご一緒だ、
何の不足があるものか？
　貧《ひん》、孤独、
かたいパン、荒いベッド？
　とかく無用なおせっかい！
勉強するには最適さ！

自分勝手なふるまいを
　一生飽きずにしつづけて
なおかつ不満な生涯に
　このおだやかなさわやかな
大詰を下《くだ》し給わるとは
　み心いれの思いやり
無辺の愛の御賜《みたま》もの！

主よ、感謝し奉る。
　信仰のうちにこそ死は給え！
主よ、愛《いと》しみ給え、久しきわがこの努力、
　おん導きのきびしさ。
天地《あめつち》も照覧あれ
　主よ、いかばかり貧しき道より
われ、わが身と共に君が歓喜に入りしかを。
　　　　　　　　　*Le petit coin,*……

20

慈善病院の一室で
お前は死んで行ったのだ。
すでに半死のお前を
人たちは無理に運んで行ったのだ。

僕はこの乱暴な仕業《しわざ》は知らずにいた。
そこへ駆けつけた時には
とぎれがちなお前の言葉の間《あいだ》に
お前の命の残りを拾うよりほかなかった。

それから、それから、僕は思い出す、
本当に、まだ昨日《きのう》の事のように。
僕らは病院の礼拝堂《れいはいどう》で
供養のお経を上げたいと乞《こ》うて許された、
棺《ひつぎ》をめぐって大蠟燭《だいろうそく》は燃えた、
祈りの無我境《むがきょう》にある人の目が
再会した天国に
向って輝くように、

聖櫃《せいき》の十字架と
引導のそれとが
「言葉」と「血」とを封じる
久遠《くおん》ののぞみとなって輝いた、

蠟燭の灯に照らされて
神の平和と神の約束の
平調楽《へいちょうがく》の音《ね》にゆれる棺は白く
無性に果敢《はか》なく無性に哀れな揺籃《ゆりかご》に見えた。

*Lucien Létinois*

# 平行して

## 無実の印象

はつか鼠《ねずみ》が駆け出す、
暮れ方の灰いろの中に黒く
はつか鼠が駆け出す
黒の中に灰いろに。

鐘が鳴り出す
罪人どもよ、おやすみよ、
鐘が鳴り出す、
もう寝る時刻だ。

いやな夢はみるな、
てんでの恋を思って眠れ、

いやな夢はみるな、
恋人の夢に限るよ！

明るい月夜だ！
隣房《となり》では大いびき。
明るい月夜だ。
ほんに全く！

雲がとおる
まっくらだ
雲がとおる
おや！　もう夜明けだ！

はつか鼠が駆け出す
青い光に桃いろに
はつか鼠が駆け出す

朝ねぼ、起きろ！

## *Impression fausse*

## 同じく 又

獄舎《ひとや》の庭にも金盞花《うれいぐさ》
日ざし眩《まばゆ》い壁沿いに
ふらふらしながら
のろくさと
輪をかいて
つながれて
歩いてる
囚徒の額《ひたい》さながらに。

まわれ、

無力なるサンソンたち、
まわれ、まわれ、せっせとまわれ、
これが運命《さだめ》の挽臼《ひきうす》だ。
法に敗れた笑うべき敗北者、
挽《ひ》け、順々に、次々に、
君の心臓を、肝臓を
さては貴公の愛情を！

奴《やつ》らは歩く、パイプを咥《くわ》え、
ぼろ靴ごそごそ曳《ひ》きずって
まのわるそうな格好で
口はきけない
さもなきゃ罰《ばつ》だ、
吐息《ためいき》さえが御法度《ごはっと》だ、
暑くて、暑くて、
死にそうだ。

僕もこの
　びくびくサーカスの一員だ
　あきらめて
　どんな不幸も覚悟して。
社会よ、
　片意地な君の掟《おきて》を
　僕も乱した一員だ
　お気に召さぬは当り前。

さらば、お仲間、老盗諸子《ろうとうしょし》、
　心やさしい浮浪者よ、
　血気な掏摸《すり》、
　新しい友よ、うい奴《やつ》よ、
心しずかな
　どうどうめぐり

三べんまわって煙草《たばこ》にしよう
無為も楽しい。

*Autre*

奉

献

## E……に与う

おお、そなた、熱きこと地獄のごとく、
おお、そなた、冷たさはま冬さながら。
やさしくて薄情で、鉄に似て
　また泡《あわ》に似て。

薄情でやさしくて、泡に似て
鉄に似て、薄情でやさしくて。
よし、それも！　在《あ》るがまま在るがよし！　吹くは
　春風、

秋風も、たびたびのあらしの風も、
そよ風も、みな一様《いちよう》に

アラビア風の信者めくそなたのまなこ
　かがやかすだけ、
おかげで僕は憂鬱《ゆううつ》さ、
嫉妬《しっと》のほむらに焼かれっぱなし、
恋歌こそは捧《ささ》げぬが、しんそこそなたに惚《ほ》れこんだ！
なんとか言ってくれないか、
　天使のような、おお、悪魔よ！

A E……

# 幸福

## この陽気すぎる男に

この陽気すぎる男にとって
人生はまことにむごたらしい。
くたびれた血を生気《せいき》づけるに
杯《さかずき》にはや酒もない、

目のためにも、手のためにも
ランプにもう油がない、
超人的な矜《ほこり》のために
今やおもねる野心家もない、

生きるためにも、死ぬためにも、
みずから選んだ妻もない

苦痛に堪えて忍ぶため
しばし見惚《みと》れる妻もない、

ああ！　心のためにも、肉のためにも
あそびめたちもすでにない、
地獄を怖《おそ》れまいがため
魂の塩、信《しん》もない、

いくら苦悩を払ってみても
天国へ行く「あて」もない！
なにもないのだ。否《いな》、ただ一つ、
「慈愛の心」があるのみだ、

刺すごとき
侮辱に宥恕《ゆうじょ》、
忘れた顔の

復讐《ふくしゅう》　放棄、

悪に対して善を酬《むく》い
大手《おおで》ひろげてやって来る
悪意に対して
善意を酬いる、

考えてやり、察してやり、
それぞれの身になってやり、
恥をしのび、
常に心はひろやかに……

こうしていたら何かしら、ある温情が
疲れた心のために光ろう
陽気すぎる男のために
やがて人生もほほえもう。

僕は皆を赦《ゆる》しています
神よ、僕をもお赦し下さい、
ようやく正しい道に戻った
愚かな僕の心のために、信と希望をお与えなされ。
*La vie est bien sévère*

## 正直な貧乏人よ

### 断章

正直な貧乏人よ、お前の着衣は軽い
　かすみのように、
お前の心もまた軽い
　羽毛のように。

神さまのお気に入るよりほかに望みのないお前の心、
　人間の住む地の上の
どこへ行っても
　誰にも負目《おいめ》のない心。
お前の娯楽、安息は
　不足がち。
その代り、良心は
　満足至極。
お前の不運が
　幸いして
　よいおりに
難儀して請け出した
　良心だ。
お前の飲食は
　みすぼらしい、
それでいて、お前の弱い肉体は

腰のあたりに
量り知れない
　忍耐力とつっぱりと
天国へ翔《と》び立とうと意気込んだ
　強い翼を持っている。
　　*Bon pauvre, ton vêtement……*

## 靄《もや》こめて

靄こめてふる雪は
音なくつもり、
夜半《よなか》のごミサの仕度《したく》する
灯《あかり》が明るく見え初《そ》めた
寺への道に敷物のべる。

暗いロンドン、火をたいて煙をあげて、
今つくられてるご馳走《ちそう》と
一緒に出て来るうまい酒！
今夜はクリスマスだもの、夜半から
夜半へかけて毎年のこれがならわし。

鵞毛《がもう》と瀝青《ピッチ》のただなかで
パリは騒ぎ、浮かれ出す。
飲んで、唄《うた》って、さて濡《ぬ》れて、
鵞毛と瀝青《ピッチ》のただなかで
夜半《よなか》ごろからはしゃいで。

救貧院のわびしさに
あだしい希望にそむかれて
暗いなが夜のおそろしく
病者はふるいおののいて

残りの命いとおしむ……。

細々と夜空に光る鐘楼に、
響きあかるい鉄砧《かなとこ》の音《おと》のきこえて
人の世の罪障《つみとが》のがれ
美服着て来れと招く
真夜なかのめでたいごミサ。

十二月、ブルッセ慈善病院にて
*La neige à travers la brume*

## 一生がもし

一生がもしやりなおせるものなら、僕は希《ねが》うだろう
自分より十歳《とう》も若い静かな女が一緒に棲《す》んで
むしろ厳格なほどの家庭生活の一半を

ものに動ぜずに支えてくれるであろうことを。
この硝子《ガラス》のお城の中で僕らふたりの心は一つであり
ふたりのまなざしは公明であり、誠実であり、
ひとつであり、二重であり、独語《ひとりごと》のように言うだろう
「ごらん！」
そして答えるだろう独語のように「辛抱なさい！」
彼女は自分の座を守るだろうが、それはまた僕の座で
もあるはずだ、
要するに！　性格の相違が生活の平衡を乱さないとい
う点で
僕らふたりはほどのよい夫婦《カップル》になれるというわけだ、
この重要なポイントが、むしろ厳格なそしてまた
何よりもまず寛容が第一の

お互いの精神に理解されているので万事がうまく行くはずなんだ。

*Je voudrais, si ma vie était encore à faire*

# 彼女を讃《たた》える頌歌《しょうか》

## 心しずかに

心しずかに話しかけると、心しずかに答えて下さる！
それが僕には無性に嬉《うれ》しい。

声をあらげて、小言を言ったりすると不思議にあなたも
声をあらげて小言をおっしゃる。

もののはずみで、うっかり僕が、浮気でもしようなら
さあ大変！　あなたは市《まち》じゅう駆けまわりになる、浮気をしてやろうと。

暫《しばら》くの間、僕が忠実にしていると、
その間じゅう、あなたも貞淑にしていて下さる。
　僕が幸せだと、あなたは僕以上に幸せらしい、
すると今度は、あなたが幸せなのを見て、僕が一層幸
せになる。
　僕が泣いたりすると、あなたもそばへ来て泣いて
下さる。
僕が慕いよると、あなたもやさしく寄りそって下さる。
　僕がうっとりすると、あなたもうっとりなさる。
すると今度は、あなたがうっとりなさると知って僕が
一層うっとりする。

ああ！　知りたいものだ。僕が死んだら、あなた
　も死んで下さるだろうか？
彼女。――「あたしの方が余計に愛しているのですも
　の、あたしが余計に死にますわ。」
……さてここで、この対話から目がさめた、
残念ながら、夢だった、夢でないならうますぎた。
　　*Quand je cause avec toi,*

# 罵《ば》詈《り》

## メッツ

### 断章

おお、メッツよ、運命が定めた僕の揺籃《ゆりかご》よ、
強姦《ごうかん》されたメッツよ、貞操固いメッツよ、
より以上処女として残ったメッツよ、
幼い僕がかつて笑っていた市《まち》よ……。

やさしい市《まち》よ、しばらくの我慢だ、
僕らは君を思っている、乞《こ》う心を安んぜよ。
僕らは君を思っている、何物も失われはしない、
来たれ、誇らしい戦勝のよろこび、
来たれ、歴史の復讐《ふくしゅう》、

来たれ、勝利の風向きの急変。
市《まち》よ、君が生んだ勇将
ファヴェールの思い出の影で
静かに思いにふけれ。

耐えしのべ、わがやさしい市《まち》よ、
やがて僕らがなる筈だ
百人に対する一人《いちにん》ではなく
千人に対する千人に。……

*Metz*

# 解説

堀口大學

## ポール・ヴェルレーヌの生涯

ポール・ヴェルレーヌ（Paul Verlaine）は、一八四四年三月三十日、ドイツとの国境に近いフランス北部の軍部メッツ市に生れた。父はアルデンヌ、母はフランドル、いずれも北仏の生れだが、ポールが七歳の時、職業軍人として工兵大尉の位置にあった父が退職、一家はパリへ移り、裕福な金利生活者の暮しにはいる。こうしてヴェルレーヌはパリで人となる。ヴェルレーヌの竹馬の友、ルペルチエによれば、当時ヴェルレーヌ一家の財産は、四十万フランに及んだという。厳格な軍人としての規律に生きてきた父ヴェルレーヌは、ひとり息子《むすこ》のポールが一生安楽に暮すくらいの遺産なら十分残す確信はありながら、やはり何か安定した職業に就かせておきたかった、それなのに少年ポールは、パリの有名校リセ・ボナパルト（現在のコンドルセ高校）卒業と同時に大学入学資格試験《バカロレア》も無事にパス、順当な学生生活を終えた後も、これという志望を示さないのでポールをまずある保険会社に、次にパリ市役所の吏員として勤めさせた。

ポールが二十一歳の一八六五年、父大尉が病死したが、それに先だつ数年間の投機の失敗で、実際にポールが受取った父の遺産は、先の四十万フランよりかなり少なくはなっていた。だが市役所からの俸給もあるので、ばかげた浪費さえしないかぎり、ポールの一生に金の苦労はまずないものと思われた。

ともあれ、われらの未来の大詩人は、前後七年間、規則正しく市役所勤務を果し、母ひとり子ひとりの水入らずで、ブルジョア生活を続けていた。最初は婚姻登録係、後には会計課に転じはしたが、市役所の仕事は決して重荷ではなかった。すくなくも重荷にならない程度の忠実さで職務は果すかたわら、事務の書類のファイルを屛風《びょうぶ》に、詩稿を推敲《すいこう》するくらいのゆとりは十分持った。

その頃市役所に、数人の文学青年が勤務していたが、夕方退出後は、彼らと連れ立って、リヴォリ街やクリシー広場の文学者の集まるカッフェに腰を据え、互いに近作の詩を朗読しあうのを楽しんだ。こうしているうちに、彼もやがて、コッペ、マンデス、アナトール・フランス、シュリ・プリュドム、ヴィリエ・ド・リラダン、エレディアたち、当時高踏派《パルナシアン》の詩人として名のある人たちと知り合うようになった。若い頃、同好のよしみでつきあったこうした詩人たちと、彼は一生の間、好感をもって交わり続けることになる。詩という同じ道に憧《あこが》れる、こうした若い人たちと一緒にいると、生きがいが感じられ、これこそ真の自分の生活だという気がするのだった。

当時、この一団の若い詩人たちは、自分たちの力になってくれる出版者もがなと、探《さが》していた。幸い、まだまるで、世間的には無名だが、ルメールという人物が、この危険の多い役割を引きうけてくれることになった。こんな事情でルメール書店が出版した三冊目の本が、ヴェルレーヌの処女詩集『土星の子の歌』（一八六六年）であり、三年後の一八六九年には第二詩集『艶《なまめ》かしきうたげ』が同じくこの店から出版されることにもなる。これらの初期の二集におけるヴェルレーヌは、いまだに高踏派《パルナシアン》の伝統を守り続け、没個性的な詩風だが、才能の柔軟性はすでに抜群、後日の大成は早くも十分に期待できるのであった。

この頃またヴェルレーヌは、一生の重大事件に直面する。それは彼の一生を救いのないほど不幸にする一方では、その詩才を十分に発揮させるという、悲喜両面の結果をもたらす宿命的な事件なのだが、ほかでもない、ヴェルレーヌが、マッティルド・ド・モーテ・ド・フルールヴィルと呼ぶ、花園のような名の十六歳の花乙女《はなおとめ》と恋におち、やがてこれと結婚するに至った事件だ。

ヴェルレーヌの一生にあって、最重大な事件は、実にこの結婚だったようだ。世間に不幸な結婚はいくらもある。だが、一八七〇年八月十一日、パリで挙行されたヴェルレーヌとマッティルドの結婚のように、悲惨な結果を生んだものは他にあまり例がないようだ。

　この結婚が、詩人の一生にどれほど大きな役割を果しているかは、その後の詩集を一読するだけで、誰にも気づく、至るところのページに、この悲しむべき出来ごとが、直接に、間接に、あるいは表面から、あるいは裏面から、歌われているのである。

　多年、自由な暮しに慣れてきたこの陽気なボヘミアンが、どうして結婚して家庭を持ったりする気になったものか？　若い人たちによくあるひと目惚れの類《たぐ》いだろうか？　それさえが、呑《の》んだくれの、夜更《よふ》かし好きなヴェルレーヌの場合、めったにありえないような気がするのだが。恋は思案のほかということもある、これもそれだったのだろうか？

　だがしかし、人はこの不幸な結婚を詩人のためにあまり嘆きすぎてはいけないような気もする。なぜかというに、彼の一生の数多い不幸が、その大もとの原因を、ここに発している事実を認めると同時に、人はまたこの詩人の個性、オリジナリティとして尊《とうと》ばれ、あらゆる詩人の上に君臨させる光栄が、その源をこの不幸な結婚に発しているると知るからである。

ヴェルレーヌが一生独身で暮したとしたら、または幸福な結婚をして平和な家庭生活を営んだとしたら、一生の間、あれほど素晴らしい詩を書き続けたであろうか？　今日《こんにち》ひとが、ヴェルレーヌ詩として尊ぶ、あの警抜人を驚かせ、個性がぶんぶんうなりを立て、血を吹くほども痛々しい、かつてなかった詩的戦慄《せんりつ》の創造者としての彼とは、別なものになっていたのではあるまいか？

他方また、彼がどんな女性を妻にしたところで、結婚生活は彼にとって幸福ではありえなかったはずのものだ。彼と結婚と、それは両立しない別個の存在だ。彼は夫たる資格のない人間だった。それなのに彼は一生の間、この簡単な事実に気づかず、悩んだり、苦しんだり、わが身に不幸が積るたび、失われた妻を思い出し、昔を偲《しの》んでは恨みがましい繰り言を繰りかえすのだった。その繰り言が彼の詩業の全部だと言っても嘘《うそ》にはならないくらい、何度となく花妻マッティルドの思い出を主題に切々の哀《あい》音《おん》をもらしているが、中でも有名なのが『無言の恋歌《こいうた》』集中『夜の鳥』の連作だろう。「あなたは我慢が足りませんでした」と、妻に不和の責任をおしつけるような口ぶりだが、事実は全く反対、非《ひ》はことごとくヴェルレーヌに、持って生れた彼の性格にあった。怒りやすくて多情な、悪の誘惑に脆《もろ》いこの詩人には、夫たる資格なぞどこにもなかった。

　ヴェルレーヌはまた非常な醜男《ぶおとこ》だった。若い頃の彼は、実に気の毒なほど醜かった。異様に突起した額《ひたい》の下の眼は、いわゆる金壺《かなつぼ》まなこだった。濃い眉毛《まゆげ》は逆立ち、頬骨は高く、モンゴールのそれだった。一番よく似ているのはオランウータンだというのが定評、女たちはひと目で瞳《ひとみ》を反《そ》らした。自分でもこれを知って、われとわが醜貌《しゅうぼう》をカリカチュールに描き、黄いろい笑いを浮べながら、眺《なが》めていたものだという。ために彼は婦女子に対してはなはだしく内気にならざるをえなかった。

　要するにヴェルレーヌは、結婚の時まで恋愛らしい恋愛は知らなかったらしいのである。彼の初期の二冊の詩集『土星の子の歌』と『艶かしきうたげ』に、情熱も、欲望も、恋愛の切実な叫びもなく、逆に一種冷静なイデアリズムが感じられるが、この傾向が、結婚と同時にその詩からあとを絶つ事実に照らしても、この見方は当っていると言えるようだ。

　偶然がある日、彼の前に、ひとりの乙女、ういういしい小娘のようなひとりの乙女を置いた。マッティルド・ド・モーテ・ド・フルールヴィルと呼ぶ、花園のような名の十六歳の花乙女だった。これが、やがて、彼の妻となり、彼の唯《ただ》ひとりの子、ジョルジュの母となった女《ひと》である。友なる若い作曲家シャルル・ド・シヴリーの異父妹だった。

初対面の時、マッティルド嬢は、詩集『土星の子の歌』も『艶かしきうたげ』も、兄から借りて読んだことがあり、これを作った詩人を尊敬していると、やさしい言葉で言ってくれた。この美しい乙女の微笑の前にいると厭人的《えんじんてき》な気持は消え去り、彼女がただならぬ目つきで自分を眺《なが》めているように思われるのだった。いずれにしても、その目《まな》ざしは、他の女たちが彼を見る目つきとは別なことだけは確かだった。彼女には彼の醜貌も苦にはならないらしく、普通女たちが彼にむくいるあの皮肉も嘲笑《ちょうしょう》もまるで感じられなかった……。

こうして、突如、詩人の心の中に、大火のような勢いで恋愛が燃えだした。突発的な、侵略的な、そしてまた絶対的な恋愛だった。

求婚から結婚までの一年間は、この詩人の生涯で一番楽しく美しい時期だったが、若いフィアンセの無垢《むく》と純情に浄化され、それまでの二つの悪癖、悪所がよいと、毒酒アブサンの酔いから、遠のくこともでき、彼の人となりは大きく変り、わざとしていたこれ見よがしな、くずれた風態《ふうてい》もきちんとなった。

詩人は恋する心の感動と夢想を綴《つづ》り、詩集『やさしい歌』を編んで、恋人への結婚指環《ゆびわ》に代える。挙式は普仏戦争の真最中、一八七〇年八月十一日、詩集はそれより二、三週間おくれて出版され、寄贈を受けた当時のフランス文芸界の大御所、ヴィクトル・ユゴーが「まさにこれ、砲火のさなかの花束一つ」と言って賞《ほ》めたのは、今日なお残る話題の一つだ。

戦争による恐怖と饑餓《きが》が、若い新婚のふたりの幸福を呪《のろ》う悪霊のように現われ、ヴェルレーヌも国民兵として狩り出され、一時忘れていた毒酒の酔いにまたもや親しむようになる。ある晩のごとき、酩酊《めいてい》して帰宅した彼は、彼のいわゆる「乙女妻」（child wife）に手荒な乱暴をはたらいたりする。深窓育ちの若妻は、殺されはしないかと怖《おそ》れ、両親の膝下《しっか》へと避難、翌日、酔いのさめたヴェルレーヌが連れ戻しに行き、わびて一応この騒動はおさまりはしたものの、夫妻の間の不和は早速《さっそく》もう、こうしてきざしたのである。

政府軍がパリへ入城した日、詩人は妻の口から妊娠を告げられたが、その直後、若い夫妻はせっかくの新世帯をたたみ、妻の両親の家に同居することになったが、これがふたりの間のみぞをいよいよ深める結果になる。そんなさなかに、一八七一年十月、一子ジョルジュが生れる。その同じ月のうちに、ひとりの見なれぬ少年が、モーテ家にヴェルレーヌを訪ねて来た。しばらく以前、ヴェルレーヌはこの少年が送ってよこした詩稿『酔いどれ舟』を一読、すっかり感銘し、「来たれ、愛すべき偉大な魂よ、余《よ》はおん身を待ち、余はおん身に焦《こが》る」とまで、熱烈な返事を出しておいたのだ。この少年こそは誰あろう、不世出の詩人にしてまた見者《けんじゃ》、アルチュール・ランボーその人だったのである。

謎《なぞ》のようなこの少年は、当時十七歳だった。ヴェルレーヌは悦《よろこ》び迎えると、そのまま自室にとめ置いた。傲慢《ごうまん》で粗野、人を人とも思わぬランボーの行動は、ヴェルレーヌ以外の全家族を憤慨させるが、ヴェルレーヌだけは、全面的に魅了され、陶酔しきっていた。ヴェルレーヌは後年、「自分はきわめて女性的な性質だ。そしてこの一事が万事を説明してくれると思う」と、当時をふりかえって告白しているが、何ごとによらず強力なものの前に置かれると、早速全部の抵抗力を失ってしまう性格だった。ヴェルレーヌはランボーを後年「わが悪霊《あくりょう》」と呼んでいるが、この不吉な呼び名も、彼の一生に及ぼした災厄《さいやく》の大きさを思えば、必ずしも言いすぎとばかりも言えないようだ。新婚一年そこそこの夫妻の間に決定的な不和を招いたのも、数年後の離婚の理由を作ったのも、この若い友人だったのである。飲酒癖を増長させ、後年の不治の痼疾《こしつ》にまで悪化させ、自分の放浪癖の道づれに連れ出し、家族も家庭も忘れさせたのも、実にこの十七歳の少年詩人ランボーだったのである。

ランボーの若々しい美貌《びぼう》、高い背たけ、がっちりした体格、明るい栗色《くりいろ》の頭髪、気味わるいほど碧《あお》く澄んだ瞳《ひとみ》に、陶酔しきったヴェルレーヌは、急にこの頃から、家庭生活の単調さを厭《いと》い、文壇、詩壇の風潮をあまりにも人工的、社交的だとして嫌《きら》い、冒険と放浪と自由な天地を夢想するようになるのだった。すると、ここぞとばかり、ランボーがそばから、得意の予言者主義を吹きこみ、「見者にならなければうそだ。詩人は長い間の、そして故意の、感覚混乱によって見者になれる」と説き、修養さえ積めばヴェルレーヌにも、太陽の子としての原始の姿に立ちかえれるとまで、おだてあげた。弱い気質のヴェルレーヌは、この嵐《あらし》のような若い予言者の熱気にあおられ、言われるままに連れ立って、一八七二年七月、漂泊の旅に出発、ベルギーを経て、イギリスへ渡るが、これが決行されるまでの間に、マッティルド夫人が、夫ヴェルレーヌに対し、何ひとつ引き留める努力をしなかったのも、また事実のようだ。

ふたりは連れ立ってベルギー国内を歩きまわる、毎日、行く先々で、見物をしたり酒場女にたわむれたりの、たわいもない呑気《のんき》な放浪ぶりは詩集『無言の恋歌』の『ベルギー風景』の章にうかがえる。ふたりはやがて、やぼなベルギーに飽きると、気まぐれにアンベルスから乗船、イギリスへ渡る気になる。「十八時間の手頃な海上散策、楽しい脱走、言いようもなく美しい旅行だった」と、ロンドンへ着くとヴェルレーヌはパリの友人に書き送っている。そして次の便《たよ》りには、英京ロンドンにおけるふたりの生活の模様をわずかながら洩らした上で、食わんがためにやむなく、フランス語の教授をしている由を告げている。イギリスにおけるふたり水入らずの生活も、次第に経済的に行きづまり、ヴェルレーヌが個人教授で得る収入をあてにしなくてはならないまでになるが、地上の悦楽だけで満足しきっているヴェルレーヌに対し、夢想の高きに憧《あこが》れ、絶えず何ものかに追い立てられ、落ち着くことを知らないランボーは、もどかしさを感じだし、一八七三年春の頃には、ぽつぽつ別れ話が出るまでになったが、そうなると、パリに残した妻子に対する思慕の情が新たに心の底に湧《わ》いたりもするヴェルレーヌだった。そのくせまた、一方では、この底知れぬ魅力を備えた鼓舞者ランボーに去られたのでは、生きる力も尽き果てそうな不安もあり、一歩前進二歩後退の状態が続いていた。

いよいよ、愛想をつかせて、逃げ出すランボーを、海を越えてベルギーの首都ブリュッセルに追いすがり、引き留めようと嘆願するが、頑固《がんこ》な少年は拒みつづける。酔いに乗じてヴェルレーヌは、往来なかで昼ひなか、拳銃《けんじゅう》二発を発射、ランボーの手首に負傷させ、ただちに現行犯として捕えられ、裁判の結果、十八カ月をモンス刑務所の独房で服役することになる。

この独房の四壁の間に見出《みいだ》した強《し》いられた平和に支《ささ》えられ、過ぎた放浪生活中の作品を整理編集して成ったのが詩集『無言の恋歌』である。彼はまた、この在監中に、かねて妻マッティルドが夫ヴェルレーヌの重なる非行を理由に、申請していた離婚の訴えが正式に受理されたとの報知を受けるが、その時受けたショックの大きさを、後年『告白録』中に、「みすぼらしいベッドの上に、哀れな背中の上に、落ちるようにくずおれた」と、誌《しる》している。彼女に対する彼の愛情は根強く、この時に及んでもなお失われず、やがて後日、彼女に赦《ゆる》されて、平穏な家庭生活を取りかえす日が来るものと夢想していたのである。それかあらぬか、その後、マッティルドを歌う場合、かえらぬ月日の悔恨の思いと、ささやきかけるような哀訴の調子以外の歌口《うたぐち》を見出さなくなってしまうのだ。

在監中の一縷《いちる》の望みであり、心の支えでもあった、出獄後の生活の未来像の喪失で、ヴェルレーヌは心機一転、「泣いて神を信じ」るに至り、そして詩集『知恵』のペンをとる。

刑期をおえて出獄したヴェルレーヌは、深い信仰心に燃え、人生における再出発の決意を固めていた。自分のこころ弱さを知る彼は、パリとその誘惑をおそれ、用心深くそれを避け、単身イギリスへ渡り、二年間、地方のグラマー・スクールに寄宿、教師としてフランス語を教え、自分では英語の勉強を続けるという殊勝さであった。

やがて、祖国フランスに対する郷愁と、久しく別れ住む老いた母への思慕の情に動かされ、ベルギー国境に近いフランス北部の小都会、レッテルの高等学校に教師の職を見つけて帰国したが、この辺鄙《へんぴ》な田舎《いなか》まちでは、誰ひとり彼の前科を知る者はなく、その点は大きな幸いだった。やがて、またしても、ここに見出した教え子のひとり、リュシアン・レチノア少年と親密になり、別れた妻のもとで養育されている一子ジョルジュに対するような気持で、この少年を熱愛する結果になる。やがて少年が学業をおえ、父母の住む農村へ帰るときまるや、ヴェルレーヌは別離の寂寞《せきばく》に堪えられなくなり、学校も教師の職も惜しみなく捨て去って少年のあとを追い、その同じ村内に小ぢんまりした農園を求め、リュシアンとふたりで農耕に従事するが、もとよりこれはご都合主義の無理な企て。「この農業の試みは哀れな失敗に終った」と、後年彼も告白している。だがそれよりも、より以上に哀れな結果に終ったのは、彼とその教え子の友情だった。なんと、兵役で入営中のレチノアが、一八八三年、チフスにかかり、パリで病死したのである。ヴェルレーヌは「百合《ゆり》の花のように純真で無垢《むく》なこの若い死者」のために、一連の挽歌《ばんか》を捧《ささ》げたが、のちに詩集『愛』に収められた『リュシアン・レチノア詩篇』がそれであり、人間の悲痛が生んだ最高の詩歌である。

一生を、新規蒔《ま》き直し、やりなおそうと試みた努力も、どうやらこれで水泡《すいほう》に帰しかけていた。見給え、彼が始めた農耕生活は失敗に終り、彼が愛した若い友は、神に召されて昇天したではないか。傷心の詩人はひとり、あてどもなく、この世に残されたのである。だがこの時、彼はまだくじけはしなかった。久々でパリへ戻り、ジャーナリズムに生活の道を見出す決意で、古い友人たちや縁故を頼《たよ》りに、しばらくは売文生活を試みるが、やがてこの仕事が自分の性質に不向きだと気づき、さらにもう一度、土地を変えて、二度目の農耕を試みる、だがこれも前回と同じく失敗、いよいよ一文《いちもん》なしになって彼はパリへ戻って来るが、今度は精《せい》も根《こん》も尽き果てたというかっこうで、酒びたりの生活に落ちこんで行くよりほかはなかったが、そんな暮しのある晩、泥酔した彼は、ささいなことにいきどおり、短刀をふりまわして老いた自分の母を脅し、これに殴打まで加えてしまうという事件を起した。日ごろから、彼に私怨《しえん》を持つ第三者の告発で、正式な裁判にかけられ、またしても禁錮《きんこ》一カ月の刑に処される。出獄の期が来ると、やさしい母は、この大きな子供のような息子を自分の家に連れかえり、そこに寝起きをさせて慈《いつく》しんだという。この頃になると、破船のようなこの母と子に残る財産らしいものはほとんど悉無《かいむ》になっていた。親子の生計にようやく不如意《ふにょい》が重なることになる。こうした貧困のさなか、一八八六年一月には母が他界、詩人の左膝関節の水腫《すいしゅ》も次第に悪化する。こんな不幸なおりもおり、離婚した妻マッティルドは、一八七三年の判決による息子ジョルジュの養育費、これまで十数年に及んで一回も払ったことのなかった延滞分全部の支払いを要求してきた。これを支払い、二、三の借財を返済すると、僅《わず》かな母の遺産らしいものの全部が消え、彼は言葉通りの一文なしになっていた。妻には去られ、ランボーに逃げられ、レチノアには死なれ、今また慈母をあの世へ送り、彼は広い世界にひとりぼっちで取り残される。つる草のように、絶えず何ものかにすがらずには生きられない弱い気質の彼なのに、今やすべてを失いはて、精神的にも物質的にも何ひとつ、頼るもののない身の上だった。入獄中のあの熱烈な宗教心の発動も、今では昨日の夢となっていた。

このあたりから、この詩人の晩年を特徴づける悲惨と自暴自棄が始まることになる。貧困が彼を、暗くって湿っぽい裏だなの貸間ぐらしに追いやる。ベッド一つの貧しい部屋だ。読むことも、書くことも到底できるようなところではない。だから目さえさめれば、地穴から這《は》い出す地虫のように、カルチェ・ラタンのカッフェへと足をはこび、寒さと孤愁をまぎらわす。夏冬とおして脱いだことのない半外套《はんがいとう》に包まれたそばだつような姿と、広く禿《は》げ上った額のソクラテスさながらの面相《めんそう》が、やがてその辺《あた》りの名物になる。毒酒アブサンのグラスを前に、何時間でも居すわって、詩や散文を書き、すぐさまそれを金に替え、その日その日の饑《う》えをしのぐのだ。年譜を見ると、こうしたボヘミアン生活のさなかの、一八八四年から一八九一年までの八年間に、すぐれた四つの詩集、『昔と今』『愛』『平行して』『幸福』を、矢つぎ早と呼んでもよいほどのスピードで出版しているのだが、人はまちがってはいけない、これら四つの詩集の内容は、生活にまだ多少の余裕のあった時分の旧作、ボヘミアン生活以前のものなのであり、カッフェのテーブルで書かれた詩の多くは、詩人の倦怠《けんたい》と疲労を感じさせる哀れなものになっていたのである。貧窮はわがヴェルレーヌを殺す以前に、先ずその詩魂を殺したと言えるようだ。

これより先、彼は二つの詩風を同時に追及しようと計画したが、ひとつは宗教的な詩風、他は世俗的な詩風だった。その後実現された結果を見るに、第一の詩風のものとしては、一八九二年に出版された『内なる祈り』に見る、あの苦心と彫琢《ちょうたく》がいちじるしいだけで、深みの全くない詩句にさえすぎず、かつての『知恵』当時の神秘的な爆発は全く終っている。これとは逆に、エロティックな世俗的執念が彼をとらえて悩まし続けたらしく、彼は罪の世界に安住するごとくに見える、それほどこの詩人の「肉と血の叫びが強かった」のだ。おかげでヴェルレーヌ晩年の詩作は、挙げて卑俗な感覚の世界に身をもがく痴人の歌にさえすぎなくなる。一八九〇年の詩集『女たち』以下、『彼女のための歌』『悲歌』『彼女を讃《たた》える頌歌《しょうか》』、一八九六年の『肉』に至る、どの詩集にあっても、女、女、女、女にこの詩人は憑《つ》かれたかの感がある。さてこれら数巻の詩集をその影で一ぱいにしている女たちだが――エステル（フィロメーヌ）・ブータンも、ユージェニー・クランツも、どれも、盛りの過ぎた売女《ばいた》たち、残る色香《いろか》のどこを探《さが》しても、男のこころを誘うものなぞもはや見つかりそうもないうば桜、一向にありがたくない女たちなのである。ただいたずらに騒々しく、欲の皮のつっ張った女たち、時たま出版所から金のはいるこの哀れな老詩人から、金をまき上げる以外には、何の希《ねが》いも持たない女たちなのだ。詩人もそれを知っていた、知っていながら、なおかつ一種感謝に似た気持で、彼女たちとのつき合いを続けるのだが、理由は、さびしくて、独《ひと》りでは生きられないからだ。そしてまた若しかしたら、今に及んでも忘れきれずにいる、あの頃の、ほんの僅かな間ながら、生きた、あの上品で優雅な家庭生活、マッティルドと暮した『やさしい歌』の新婚当時を、貧苦と病苦のどん底にいる今、ふたたび生きるようなイリュージョンを彼女たちが与えてくれるがためであったか？

　持病のリューマチが悪化して、晩年のヴェルレーヌは杖《つえ》にすがらずには歩けなかった。膝関節《しっかんせつ》の水腫《すいしゅ》の痛みに堪えられなくなったり、生活が立ちゆかなくなったりすると、彼はさっさと、施療の病院へ避難したが、度かさなるので、聖ルイ病院でもブルセェ病院でも、よく顔が売れて、特別大事に扱ってもらえた。居心地《いごこち》がよいまま、病苦が去ったあとまでも、病院ぐらしを続けるようなこともしばしばあった。入院中のヴェルレーヌはわが家も同じ気易さだったという。施療病院が詩人の最後の安住の所となったというわけだ。ある人が、「普通ひとは死ぬために施療病院は利用するが、ヴェルレーヌだけは、生きるために利用している」と、皮肉ったというが、そんな悪口も出そうな度々のご入院だった。なにしろ通算四年間もの歳月を、この詩人は施療病院の世話になっているのである。

だがしかし、ヴェルレーヌは病院ではなしにデカルト街三十九番地の自室で死んだ。咳嗽をこじらせた肺炎が悪化、一八九六年一月七日の夜ふけ、高熱にうかされ、ベッドから這い出そうとして床《ゆか》に倒れた、同棲《どうせい》中のユージェニー・クランツが抱いてベッドに戻そうとしたが力が及ばないまま、ありったけの毛布や羽根蒲団《ぶとん》を掛けて夜明けを待ち、人手を借りてベッドに戻しはしたものの、その時すでに詩人は人事不省の状態だった。

キリストよ、わが死の時刻

僧のひとりをかたわらに置かせ給え

と、以前歌った彼なのに、臨終の秘蹟《ひせき》をさずけに僧が駆けつけた時はすでにこと切れていた。また病中、しきりに一子ジョルジュに会いたがったが、これもついに果せぬ望みに終ってしまった。

こうして、「天の助けもなく、人の助けもなく、神の助けもなく」と、ポール・クローデルが嘆いたように、われらの詩人は、その苦難の多い五十一歳の生涯を終ったのである。

## ポール・ヴェルレーヌの詩業

高校在学中から、ポール・ヴェルレーヌは文学を愛好し、詩の試作をしたりしていた。

彼自身の告白によれば、彼の内部に詩人が生れたのは、早くも十四歳の時だという、また他方、春の目覚めを体内に感じたのは、十二歳から十三歳のあいだであったという、つまり、肉体が性に目覚めると前後して、魂が詩に目覚めたというわけだ。

第一詩集『土星の子の歌』（Poémes saturniens）を世に問うたのが二十二歳の時だが、集中の詩の大部分は、十六、七歳の頃に書いたものだと自記している。

寄贈を受けた先輩や友人たちから、著者はおびただしい賞讃《しょうさん》の言葉を受けたが、次にその二、三を拾ってみよう。詩壇の大先輩ルコント・ド・リールは言ってくれた、「集中の詩篇はすべてきわめて巧み、やがて詩の奥義をきわめるはずの真の詩人の作だ」云々《うんぬん》。同じく先輩詩人のバンヴィルは、病中の疲労も忘れ、十回も繰りかえして愛読したと言っている。そして心から感動したが、君は真のオリジナリティを持つ詩人だと言いきった上で、自分のように詩を天職として生きる者は、真の生命を持つ詩以外のものに感動したりするおぼこさは持たないと念を押し、さて、「君は現代詩人中、最高の位置を占める運命の人だと言っても誤りではないと確信する」と予言までしているが、これが誤りでなかったことは、未来が立証してくれた。

当時、ブザンソンの片田舎にあって、高校の英語教師をしていたマラルメの礼状は、真情に溢《あふ》れていてまことにたのもしい、

「まだお目にかかったことのない小生に、ご新著を賜わるお気持の中に、文学上の同感がおありなことは勿論《もちろん》ですが、それ以外に、未来の友情の神秘な予感も含まれているると見るお許しもいただけると思います。……貴兄の詩集は、その美しい点、ロマン

ティックな点、あらゆる意味で立派な第一詩集だと思います。そして小生を嘆かせます、もしも自分に、完成した作品を、それも、極限に達した上でだけ、発表しようという野心さえなかったら、自分もこんな詩集が出せるはずなのにと」。マラルメがヴェルレーヌに宛《あ》てたこの最初の手紙は、『土星の子の歌』に対する批判を告げるばかりでなく、その末段に、偽りのない、この完璧《かんぺき》を目ざす孤高の詩人の、心がまえが窺《うかが》えて重要だ。

「僕の日没が君の夜明けに敬礼する。……行け若者よ、芸術の道は無窮だ、そしてこの暗黒な大世界における君こそは光明だ」と、ほめそやしたユゴーの讃辞は、大袈裟《おおげさ》すぎて眉《まゆ》つばものの感じを与えたかもしれないが、十九世紀が持ったフランス第一の文芸評論家サント・ブーヴが、この無名の青年詩人の出発を祝した手紙は、何よりのはなむけだったと思われる、

「……君に才能のあることは確かだ、そして私はまず君の才能に敬意を表す。君の望みは遠大だ。君は消えやすいインスピレーションだけでは満足していない。……風景詩人としての君は写生の軽妙さと、生気ある夜の雰囲気《ふんいき》描写に威力を持つ。すべて、月桂樹《げっけいじゅ》の葉をかじることを許された人々がそうであるように、君もまたかつて人の及ばなかった高所を目標としているが、これはきわめて大切だ……」

『土星の子の歌』はヴェルレーヌにとって、申しぶんのない出発だった。すでにこの集に、彼独自の、表現の明快さと正確、優雅な感覚と親愛感に富む音楽的魅力とが、十分にうかがわれる。だが今日から見る場合、ユゴーやルコント・ド・リールの仰山な叙事的な傾向の感じられる詩篇や、たとえば『よく見る夢』のごとき、ボードレールの影響の感じられる詩の幾篇かが含まれていることも否みがたい事実のようだ。いわば真のヴェルレーヌ詩はまだ生れていない。

『土星の子の歌』を世に問うて後三年、一八六九年、ヴェルレーヌは、同じくルメール書店から、第二詩集『艶かしきうたげ』(Fêtes Galantes) を自費で出版した。これは五十四ページの小冊子、印刷部数は三百五十だった。この集で詩人は、感覚と幻想の両方面で、前集には見られなかった新味を見せている。艶美《えんび》な風俗画家ワットーの傑作『恋の国への舟出』を、文字で綴《つづ》ったようなこの一連の景物詩は、相変らず没個性的、客観的ながら、技巧の面でより洗練されており、たとえるなら、わが徳川末期の爛熟《らんじゅく》した文明に似た、フランス十八世紀王朝文化の、高雅で逸楽的な風俗と人情のタブローである。美しい庭園の小道に、身ぶりあわただしく飛び出すのは、及ばぬ意にあこがれる欲深いピエロであり、おてんば娘のコロンビーヌであり、だまされ役のカサンドルであり、放逸な好男子アルルカンであり、恋慕流しのクリタンドルであり、満艦飾の濃艶なアミントであり、いずれもおなじみのイタリア喜劇の登場人物。詩人は彼らにはなやかな繻子《しゆす》の美服をまとわせて、恋愛の三昧境《さんまいきよう》に遊ばせるのだが、そこには一脈の懐疑と懸念《けねん》があって、詩趣を深めている。あらかじめ作られたプランを基に制作されたとしか思えないような、全巻の構造と布置の見事さだが、当時のヴェルレーヌの実生活とは、きわめて縁遠い幻想の世界の詩だ。詩人がこれら二十二篇をものするに至ったその理由となると、諸説紛紛《ふんぷん》、正確にはつかみえない。

一八七〇年八月、戦争のさなかに出版された第三詩集『やさしい歌』(La bonne chanson) は、詩人が、ノルマンディーの田舎で病気療養中の婚約者マッティルド嬢の許《もと》へ、パリから恋々の情を綴って、二、三回にわたり送り届けた、いわば病気見舞の花束のようなもの、すべて、一八六九年冬から翌年の春にかけての作だ。この集は、ヴェルレーヌがそれまでの高踏派《パルナシアン》風の客観的な詩風を離れ、よりもっと個性的な、彼自身の詩を試みたその第一歩としてきわめて重要だ。それまでの、記述的、作りものの的、外面的な詩を捨て、個性的な表現、魂の生《なま》の告白、心臓の鼓動を生きたまま、精神の動揺をありのまま、詩に捕えようとの一大飛躍を画した作品、今日《こんにち》ひとが呼んでヴェルレーヌ詩となすものは、実はこの集から始まるのだ。彼自身、あらゆる自著中、この小詩集が一番好きだと、度々書いているが、理由はこれらの詩篇が、短かった幸福の日の形見草《かたみぐさ》になったがためであろう。恋する心と、結婚の日を待ちわびる切ないうれしさと、二つの感情を、彼は新しい言葉に託して歌い楽しんでいるかのようだ。『無言の恋歌』(Romances sans paroles) 第四詩集のためにヴェルレーヌが選んだこの表題は、メンデルスゾーンの楽曲に由来するという。内容の詩篇はすべて結婚早々の新家庭を、悪霊のような少年詩人ランボーの出現によってかき乱され、その魅力にいざなわれて、これを伴い、妻子を捨て置いて、ベルギー、イギリスと漂泊の旅を続けた一八七二年から翌三年にかけての作、数多いヴェルレーヌの詩集中、あるいはこの集が最高度の内容の一冊かも知れない。それは変化に富んでいると同時に一元的でもある。ここではヴェルレーヌ詩の両面、客観的表現と主観的な心理、空想的な発想と自我苦悩の表現が、一丸となり、見事な高度に達している。異境放浪の旅ぐらしの不安定な感情の動揺が、晴曇《せいどん》が、暗示と神秘に富んだ手法によって、とらえがたきをとらえ、消えやすきを言葉にとどめている。特にロンドン滞在中の諸作品には、霧のヴェールに包まれたおもむきがあり、薄明の原に咲きでた青い日陰の花の風情《ふぜい》がある。ある詩篇は、『ロンドン・ブリッジ』のように途方もない幻想の直接な表現であり、またある詩篇は『巷《ちまた》に雨の降るごとく』のように、言いようもない悲しみの、身にしむ嘆きの節《ふし》であり、またある詩篇は『グリーン』や『ストリーツ』や『若い哀れな羊飼い』のように、人の心をやさしく酔わせ、恋情のせつなさを訴える。そこにはまたこれまでの彼の詩にはなかったが、今後好んで用いられる、小声にささやいて、自分自身に歌い聞かせるような、あの身近な歌いぶりが見られもする、何よりも貴《とうと》い、これはロンドン土産《みやげ》かもしれない。

第五詩集『知恵』(Sagesse) が発行されたのは一八八一年だが、集中の詩が作られたのはだいぶ以前にさかのぼる。ご承知のようにヴェルレーヌは、一八七三年七月十日、ベルギーの首府ブリュッセルの街上で、逃げるランボーのうしろから、嫉妬《しっと》に狂って拳銃《けんじゅう》を発射、手首に負傷させ、捕えられてモンス刑務所に十八カ月間も入牢《にゅうろう》するが、在獄中、一八七四年七月二十四日、パリでは妻マッティルドの要求により離婚成立の決定が下ったと知り、非常なショックを受けて、ベッドの上に倒れたほどだが、この時、助け起してくれた誨教師《かいきょうし》の言葉に心機一転、泣いて神を信じる心になり、悔いあらためて早速書きだしたのがこれら『知恵』集中の宗教詩であった。

詩集『知恵』は三部から成るが、中心は第二部。文学史上最高の宗教詩と定評あるこの一連のソネットは、長い間望みながらも許されなかった、聖体拝受の希望が容《い》れられたその週間内に、一気に書きあげられたという。

小説『さかしま』の作者ユイスマンは『知恵』を評して言う、「カソリック教会は詩人ヴェルレーヌのうちに、中世紀以来最大の詩人を持った。数世紀このかた、唯一の例外として、この詩人は、謙譲と純潔の歌口《うたぐち》を、訴えるような含羞《はじらい》の祈願を、小児のようなよろこびを、こうしたすべて、ルネッサンス以来忘れられていたものを、回復してくれた。他にもこの詩人は、民謡の純朴と、また霊から肉へと泌《し》みとおる悔悟《かいご》の痛々しさを伝える言葉を見出してもくれた。……」云云。

詩集の六番目『昔と今』(Jadis et naguère) には、制作年代も、詩作の手法も、表題どおり、まちまちな詩篇が含まれているが、ヴェルレーヌ詩観の根本義、詩における音楽性の重要さを冒頭の一行から、「音調を先ず第一に」と説破した、『詩法』のような重要な作品もおさめられている。

第七詩集『愛』(Amour) には、さきの『知恵』に収録洩れの宗教詩と、早世した養子レチノアをかなしむ挽歌および、その後の心境詩が収められている。この集のヴェルレーヌには、無限の悲嘆にうちひしがれ、失われた幸福の挽歌を口ずさみ、念珠《じゅず》を爪《つま》ぐりながら、修道院の回廊をうなだれ歩く苦行僧の姿がある。

『愛』出版の翌一八八九年には、第八詩集『平行して』(Parallèlement) が出版されるが、ヴェルレーヌは先年モンス刑務所入獄中、カソリックの新しい入信者として『知恵』の宗教詩を書きためるかたわら、なんと、叛逆者《はんぎゃくしゃ》、罪の子として、思いきり放埓《ほうらつ》不徳な詩も書きためており、これが詩集『平行して』の成立だが、ここでは、好色な空想と、悪にひかれやすい自分の性格を、無遠慮に歌いあげている。ここに見られる実感をわざと悪の方向へ誇張したような詩句からは、一種野卑な響きさえ聞えてくる。一読人は感じる、詩人ヴェルレーヌが、一生のこの期《ご》に及び、初めてはっきり自分の生涯を鳥瞰《ちょうかん》できたのではないかと。一生の不幸のすべての原因となった、一つは善良な、他は悪魔的な、二重の人格が平行して自分の内に存在すると確認したらしいのだ。善と悪、異質の二つの鍵盤《けんばん》の上を、次々に、または同時に、往来するように自分が運命づけられていると気づいたというわけだ。詩人はこの時、自分の影に半獣神《フォーヌ》の角《つの》のあるのを見て、驚いたり、悩んだりする聖者の気持だったにちがいない。そのくせ彼は判断する、好色以上に不幸の原因になったのは自分の高慢心だ、これを駆逐できるなら自分は救われると。そこでわが身の罪と不徳を、これらの詩篇によって、厚顔《あつかま》しいまでに告白し、並べ立てたというわけだ。ところがこうした自分自身に対する叛逆の試みも、天の定めた土星の子にとっては、結局無駄なあがきに終り、人生と名のつく日々の牢獄の鉄格子《てつごうし》に、絶望的にその額《ひたい》を打ちつけ続けるのみだった。集中『破廉恥漢』と題する詩の一節に、

貧窮と世間の悪意が
（悪口抜きに言わせて貰うが）
僕というこの高慢な悪魔に
老いた囚人の魂を吹きこんだ

と、歌っている。また自伝風なある文章では、「自分はカソリックの教義を信じている、そのくせ自分は精神的にも肉体的にも罪を犯す。……自分は今の瞬間善良なキリスト教徒であり、教義も信じきっている。それなのに次の瞬間、自分は悪いキリスト教徒になり変っている」とも嘆いているのである。つまりどうにも仕方がありませんと、降服の両手をさしあげている格好だ。ヴェルレーヌのこの言い分は身勝手で幼稚かもしれないが、とにかく、世間にありふれた自己弁護の屁理屈《へりくつ》よりは、よほど真剣味があってうなずける。極端に背馳《はいち》する二つの性格間の激しい争闘とも解されるこの詩人の生涯と作品から、一種の偉大さがにじみ出るのは、自分というブレーキの限界を知っての上の、あきらめの哀切な訴えが人の心を打つがためかもしれない。

ヴェルレーヌの詩集は、『奉献』『幸福』の後も『罵詈《ばり》』以下、数冊が続いて出版されるが、詩魂の方は、生活のみだれと歩調をあわせ、この頃から急に衰えを見せてくる。本書に抄出の少ないのもそのためである。

（一九七三年十一月）

# あとがき

## 『ヴェルレエヌ詩集』あとがき

自分はさきに、第一書房から『ヴェルレエヌ詩抄』を世に問うている。昭和二年、すでに二十年前のことである。

その後、年月をへるに従って、若い日の訳業になるあの『詩抄』に対して、不満を感じるようになり、いつかは改訳の機会もがなと希《ねが》うようになっていた。

幸いにして、今度、この機会は、新潮社によって与えられた。即《すなわ》ち欣喜雀躍《きんきじやくやく》、新たな意気ごみで、不満のある各篇の新訳を試み、重要な新篇をも追加し、ことごとく前者の面目を一新するを得て、ここに『ヴェルレエヌ詩集』と題して出版することにした。

今後は本集をもって、自分のヴェルレエヌ詩の定本としたい。

原作者の評伝としては、簡単な年代記を巻末に添えるにとどめたが、精《くわ》しい評伝を望まれる篤志な読者は、拙著『ヴェルレエヌ研究』（第一書房刊。全一冊、八百余ページ）に就《つ》いてみられたい。十分満足していただけると思う。

一九四八年新春　深雪の高田にて

## 新潮文庫版のためのあとがき

昭和二十三年六月初刷を出した新潮社発行拙訳の単行本『ヴェルレエヌ詩集』は、幸いに好評を得てその後数次の版を重ねた。訳者は、重版のたびに、正誤や改訂をほどこし、少しでもこの詩集をよりよきものにしようと心がけてきたが、昭和二十五年三月の第四刷を世に送った時には、八篇の新訳を成して増補を行なったものであった。今またこの詩集が、新潮文庫の一分冊としてその流布版を世のヴェルレエヌ愛好者の机上に送るに際し、『土星の子の歌』の『序詩』の新訳を成して、これを巻首に掲げることにした。今後はこの版をもって拙訳『ヴェルレエヌ詩集』の定本としたい。

なお、単行本『ヴェルレエヌ詩集』の「あとがき」でふれた拙著『ヴェルレエヌ研究』はその後、東京昭森社から新版が出た。

一九五〇年初秋　葉山一色の新居にて

**第十五刷の追記**

今度改版の機を得たので、意に満たぬ数カ所に加朱した。また全篇を新仮名遣いに改めた。

一九五八年晩秋　葉山森戸川のほとりにて

**第三十四刷の追記**

今度またまた改版の機を与えられたのを幸い、その後の新訳三十余篇を追加し、面目一新、今後はこれを新潮文庫『ヴェルレーヌ詩集』の定本としたい。

一九七三年、八十一歳の初夏　葉山森戸川のほとりで

堀口大學

# 年譜

**一八四四年**（弘化元年）三月三十日、ポール・マリー・ヴェルレーヌ、メッツ市に生る。父は工兵大尉。母はアルトア地方の裕福な農家の出身。
**一八四五年**（弘化二年）一歳　父の転任により、モンペリエに移住。
**一八四八年**（嘉永元年）四歳　二月、ニームに移住。同月、ヴェルレーヌ、共和国宣言式に参列。
**一八四九年**（嘉永二年）五歳　メッツに再び帰住。ヴェルレーヌはこの地で幸福な少年時代をおくる。裁判官の娘マッティルドとの交遊。
**一八五一年**（嘉永四年）七歳　父大尉の退職。パリのノレ街に来住。ヴェルレーヌ、エレーヌ街の学校に入学。この頃、彼は熱病に罹る。献身的な看護で彼を救った母への深い愛情を感じる。
**一八五三年**（嘉永六年）九歳　十月、シャプタル街のランドリ学院に入学。以後八年間当学院に寄宿。
**一八五五年**（安政二年）十一歳　第一回の聖体拝受をうける。十月、リセ・ボナパルトに入学。終生の友にしてまた後のヴェルレーヌの伝記家エドモン・ルペルチエとの友情が始まる。
**一八五八年**（安政五年）十四歳　十二月、ヴェルレーヌ、自作詩篇をヴィクトル・ユゴーに送る。
**一八六二年**（文久二年）十八歳　この頃、ボードレール、ゴオチエ、グラチニー、マンデス、バンヴィル、ユゴー、サント＝ブーヴなどを濫読。八月、大学入学資格試験《バカロレア》に合格。夏の休暇を北部地方――アルトアのファンプー、レクリューズなど――に過す。終生の飲酒癖ここに始まる。十月、法律学校に入学。
**一八六三年**（文久三年）十九歳　八月、ルイ・ザヴィエ・ド・リカールの「進歩評論」に匿名でソンネ『プリュウ・ドンム氏』を発表。
**一八六四年**（元治元年）二十歳　一月、保険会社に入社。三月、パリ市役所に転職。ここにてラフネストル、ヴァラード、メラ等の若き文人と知りリヴォリ街のカッフェにアブサンを酌みつつ文学を論じて時を忘る。また、ザヴィエ・ド・リカールのサロンにてパルナッス詩派（高踏派）の人々――バンヴィル、シャブリエ、エレディア、マンデスらと会同す。

**一八六五年**（慶応元年）二十一歳　十一月、「芸術」（「進歩評論」の継続）にボードレールへの礼讃、および『土星の子の歌』の詩篇発表。十二月、産を失って父死す。ヴェルレーヌ、悲嘆にくれる。

**一八六六年**（慶応二年）二十二歳　四月、第一次「現代詩林《パルナッス・コンタンポラン》」にソンネ『懊悩《おうのう》』など掲載さる。十一月、処女詩集『土星の子の歌』（ルメール版）従姉エリザの負担により、自費出版。マラルメ、バンヴィル、ユゴー、サント＝ブーヴの賞讃を得るが、文壇には反響なし。

**一八六七年**（慶応三年）二十三歳　二月、エリザ死去。八月、ブリュッセル滞在中のユゴーを訪問。九月、ボードレールの葬儀に参列。十二月、詩集『女たち』をブリュッセルにて秘密出版。

**一八六九年**（明治二年）二十五歳　六月、作曲家シャルル・ド・シヴリーを訪れ、その義妹マッティルド・モーテを知る。同月、『やさしい歌』の数篇創作。七月、詩集『艶《なまめ》かしきうたげ』（ルメール版）出版。バンヴィル、「これ魔術使の小冊子なり」と書き寄こす。

**一八七〇年**（明治三年）二十六歳　七月、普仏戦争起る。八月、マッティルド・モーテと結婚。九月、ヴェルレーヌ、国防団員となる。十二月、詩集『やさしい歌』（ルメール版）出版。

**一八七一年**（明治四年）二十七歳　三月、コンミュンの乱。五月、「血の週間」、激しい市街戦。コンミュン派の敗北。ヴェルレーヌ、市役所をやめる。六月、ヴェルレーヌ、コンミュン派協力者として処罰されると妄想《もうそう》し、ファンプー、レクリューズに逃れる。九月、パリに戻る。モンマルトルのニコレ街のマッティルドの両親の許に同居。同月、ランボーの第一信に対してヴェルレーヌは「来たれ、愛すべき偉大な魂よ、余はおん身を待ち、余はおん身に焦がる」と返信する。十月、「幼き悪」ランボーの出現。ヴェルレーヌの家庭に入りこみ、夫人に追われる。同月、一子、ジョルジュ誕生。十二月、ヴェルレーヌ、アルデンヌ地方に旅行。この年、第二次「現代詩林」、ヴェルレーヌの詩を掲載。

**一八七二年**（明治五年）二十八歳　一月、ヴェルレーヌ、妻子に乱暴し、のち家を出る。三月末までランボーの許に同居。六月、ヴェルレーヌ、刃物をかざしてわが妻を追いかく。七月、ヴェルレーヌとランボー、突如パリを捨てベルギーに赴く。ブリュッセルに追って来たマッティルドを置去りにして遁る。マッティルドに残酷な絶縁の手紙をおくる。九月、ヴェルレーヌとランボー、ロンドンへ渡り、共同生活に入る。同月、ヴェルレーヌ、フランクフォル条約に従って、フランス国籍を選ぶ（生地メッツがドイツ領土になったため）。十月、マッティルド、離婚の手続を始める。十二月、ランボー、パリに戻る。ヴェルレーヌ病臥。母とランボーをロンドンに呼ぶ。

**一八七三年**（明治六年）二十九歳　一月、ヴェルレーヌの母、パリへ戻る。二月、ランボー、故郷のシャルルヴィルへ戻る。三月―五月、ヴェルレーヌ、ベルギーのジョーンヴィルに滞在。五月、ヴェルレーヌとランボー、再びロンドンへ。六月、ヴェルレーヌとランボー、諍《いさか》い。七月、ヴェルレーヌ、ロンドンを去り、ブリュッセルへ。マッティルドとの和解を計るが失敗する。ついで母とランボーを呼び寄せる。同月十日、ランボーに向けて拳銃発射。逮捕さる。八月、二年間禁錮の判決を受けてモンス監獄に入獄。獄中にて、シェイクスピア、ラシーヌ、ミュッセなどを耽読《たんどく》。十月、ランボー『地獄の季節』刊行。

**一八七四年**（明治七年）三十歳　三月、ルペルチエの尽力により、『無言の恋歌』出版さる。四月、詩『詩法』執筆。同月、ヴェルレーヌとマッティルドの離婚が裁判所により宣告さる。この日、誨教僧はゴーム僧正の『堅忍の教理問答』を読ませる。ヴェルレーヌ悔い改めて詩集『知恵』を書き始める。八月、聖体拝受。

**一八七五年**（明治八年）三十一歳　一月、出獄。ファンプーに行く。二月、パリに戻りマッティルドとの和解を試みるが失敗。シュトゥットガルトに赴きランボーと会い、信仰を勧めるが拒絶される。ネッカー河畔にて両者の格闘。気絶したヴェルレーヌを棄てて、ランボー逃れ去る。三月、ヴェルレーヌ、イギリスへ渡る。四月、リンカン州ステクネーのグラマー・スクールに教鞭《きょうべん》をとる。この頃詩人ジェルマン・ヌーヴォーと知り合う。八月―九月、アルトアのアラスの母の許で休暇を過す。十二月、ランボーへの最後の手紙。

**一八七六年**（明治九年）三十二歳　三月、ボストンへうつる。九月、南部のボーンマウスへ移り、セント・アロイジウス学校で教える。この年、ヴェルレーヌ、マラルメ、第三次「現代詩林」より掲載を拒絶される。
**一八七七年**（明治十年）三十三歳　四月、ヴェルレーヌ、パリへ戻る。十月、アルデンヌのレッテルのノートル・ダーム学院の教師となる。この学院にて、生徒の一人リュシアン・レチノアを知り、彼の「養父」となる。
**一八七八年**（明治十一年）三十四歳　夏、パリのモーテ家訪問。ジョルジュを見舞う。マッティルドと和解せんとする。
**一八七九年**（明治十二年）三十五歳　八月、ノートル・ダーム学院にて、ヴェルレーヌ担当の授業廃止。同月、レチノアを伴い、イギリスへ渡る。ヴェルレーヌ、リミントンにて教師の職に就く。十二月、レチノアを伴い、フランスへ戻る。
**一八八〇年**（明治十三年）三十六歳　一月、レッテルに近いジュニヴィルに農園を買い、農耕生活に入る。レチノアをわが農園に置く。
**一八八一年**（明治十四年）三十七歳　この年、詩集『知恵』（パルメ版）出版。
**一八八二年**（明治十五年）三十八歳　ジュニヴィルの農園売却。七月、ヴェルレーヌ、パリへ帰る。母と共にロケット街に居住。市役所に再就職を望むがかなわず。ルペルチエの日刊紙「めざまし」に寄稿。「リュテース」誌に『昔と今』の詩を掲載。十月、同誌に『詩法』を発表。「音調を何より先に」と宣言する。一世の若き詩人たち――トリスタン・コンビエール、ジュール・ラフォルグ、ヴィエレ・グリファンら――こぞって彼をその師表とあおぐ。
**一八八三年**（明治十六年）三十九歳　ジャン・モレアスと知る。二詩人の友情。一月、レチノア、施療病院にて急死。九月、ヴェルレーヌ、母と共にアルデンヌのクーロンヌの地に帰農し、詩集『愛』を執筆。寺院と居酒屋の間を往来す。
**一八八四年**（明治十七年）四十歳　四月、評論集『呪われたる詩人たち』ヴァニエ書店より出版。十二月、詩集『昔と今』ヴァニエ書店より出版。
**一八八五年**（明治十八年）四十一歳　二月、ヴェルレーヌ、口論の末、母に加害。三月、ヴゥジー刑務所に一カ月下獄。同月、多額の負債のため、クーロンヌの農園を売る。五月、ヴェルレーヌ出獄。再びアルデンヌ地方を放浪。夏、母と共にパリへ戻る。左膝の関節水腫はこの頃に始まる。十一月、ブルセェ施療病院に入院。

**一八八六年**（明治十九年）四十二歳　一月、ヴェルレーヌの母死去。当時彼は病臥。この時以後、カッフェと安下宿、施療病院を転々とするボヘミアン生活が続く。七月―翌年一月、トゥノン、ブルセェ両施療病院に入院。

**一八八七年**（明治二十年）四十三歳　一月―三月、サン・モーリス軽患者療養所に入所。この頃、画家カザルスを知り激しい愛情をいだく。四月、ヴェルレーヌ、貧苦のため、自殺未遂。五月、病状悪化。九月までコシャン、サン・モーリスなどの病院を転々とする。九月―翌年四月、ブルセェに入院。

**一八八八年**（明治二十一年）四十四歳　三月、詩集『愛』（ヴァニエ版）出版。十二月、ブルセェに入院。

**一八八九年**（明治二十二年）四十五歳　七月―九月、エース・レ・バンの温泉地に転地。九月―ブルセェに入院。十月、詩集『平行して』（ヴァニエ版）出版。この頃、彼のみすぼらしいサロンには、若い崇拝者たちが多く集まった。――ジャン・モレアス、ヴィリエ・ド・リラダン、ローラン・タイラッド、ガブリエル・ヴィケール、カザルスなど。

**一八九〇年**（明治二十三年）四十六歳　五月―十一月、コシャン、ブルセェに入院。十二月、詩集『奉献』予約出版。

**一八九一年**（明治二十四年）四十七歳　一月、サン・アントワーヌに入院。五月、ヴェルレーヌの詩喜劇『人さまざま』ヴォードヴィル座にて上演さる。六月、詩集『幸福』出版。同月、『ヴェルレーヌ詩選』、ファスケル書房より出版。この頃、ユージェニー・クランツ、フィロメーヌ・ブータンと知る。この二人の娼婦は、ヴェルレーヌの死までの伴侶となる。十月、マルセイユの施療病院にて、ランボー死亡。十一月―翌年一月、ブルセェに入院。十二月、詩集『彼女のための歌』（ヴァニエ版）出版。この頃よりヴェルレーヌの詩才、その黄昏に入る。

**一八九二年**（明治二十五年）四十八歳　一月、デカルト街のユージェニー・クランツの家に移る。同月、『わが病院』（ヴァニエ版）出版。四月、詩集『内なる礼拝』、エマニュエル・シニョレの尽力により出版。六月―十月、主としてブルセェに入院。十一月、フィリップ・ド・ズィルケンの招きに応じて、オランダ講演旅行。

**一八九三年**（明治二十六年）四十九歳　二月―三月、ベルギー講演旅行。途中ガンにてモーリス・メーテルリンクを訪れる。五月、詩集『悲歌』出版。同月、詩集『彼女を讃える頌歌』出版。六月、『獄中記』出版。同月―十一月、ユージェニー出奔し、ヴェルレーヌ、ブルセェに最後の入院。十月、ヴェルレーヌ、アカデミー・フランセーズ常任幹事に、アカデミー会員立候補を通告。十一月、ロレーヌ地方のナンシー、リュネヴィルに講演旅行。十一月、ロンドン、オックスフォード、マンチェスターに講演旅行。十二月、『オランダ十五日』出版。

**一八九四年**（明治二十七年）五十歳　二月、ヴェルレーヌ、再びユージェニーとサン・ジャック街に同棲。五月、詩集『奈落の底』（ヴァニエ版）出版。八月、ルコント・ド・リールのあとを受けて「詩王」に選ばる。この当時彼の周囲には、ジュール・テリエ、シャルル・モーリス、ジャン・モレアス、レオン・ヴァニエ、ロドルフ・ダルゼンら多くの若い詩人が存在した。十二月、『エピグラム』（ラ・プリューム版）出版。この年も、病院生活をおくる。

**一八九五年**（明治二十八年）五十一歳　三月、文部省より救済金五百フランをおくられる。彼は当時、ユージェニーの部屋、デカルト街自室に宿す。三月、『告白録』（世紀末社）出版。十二月三十一日、最後の詩『失意』執筆。

**一八九六年**（明治二十九年）五十二歳　一月八日、デカルト街の自室にて、ユージェニー、および若い画家コルニュチィに見守られてヴェルレーヌ死去。一月十日、サン・エチエンヌ・デュ・モンにて葬儀。バチニョル墓地に埋葬。会葬者、ルペルチエ、ヴァニエ、マンデス、マラルメ、モレアス、ギュスタヴ・カーン、カザルス、コペ、ルメートルその他多数。

堀口大學　編

石川啄木著

一握の砂・悲しき玩具
―石川啄木歌集―

処女歌集「一握の砂」と第二歌集「悲しき玩具」。貧困と孤独の中で文学への情熱を失わず、歌壇に新風を吹きこんだ啄木の代表作。

神西　清編

北原白秋詩集

官能と愉楽と神経のにがき魔睡へと人々をいざなう異国情緒あふれる「邪宗門」など、豊麗な言葉の魔術師北原白秋の代表作を収める。

斎藤茂吉著

赤　光

「おひろ」「死にたまふ母」。写生を超えた、素朴で強烈な感情のほとばしり。近代短歌を確立した、第一歌集『初版・赤光』を再現。

島崎藤村著

藤村詩集

「千曲川旅情の歌」「椰子の実」など、日本近代詩の礎を築いた藤村が、青春の抒情と詠嘆を清新で香り高い調べにのせて謳った名作集。

伊藤信吉編

高村光太郎詩集

処女詩集「道程」から愛の詩編「智恵子抄」を経て、晩年の「典型」に至る全詩業から精選された百余編は、壮麗な生と愛の讃歌である。

高村光太郎著

智恵子抄

情熱のほとばしる恋愛時代から、短い結婚生活、夫人の発病、そして永遠の別れ……智恵子夫人との間にかわされた深い愛を謳う詩集。

吉田凞生編
# 中原中也詩集

生と死のあわいを漂いながら、失われて二度とかえらぬものへの想いをうたいつづけた中也。甘美で哀切な詩情が胸をうつ。

河上徹太郎編
# 萩原朔太郎詩集

孤独と焦燥に悩む青春の心象風景を写し出した第一詩集「月に吠える」をはじめ、孤高の象徴派詩人の代表的詩集から厳選された名編。

宮沢賢治著
# 新編 風の又三郎

谷川に臨む小学校に突然やってきた不思議な転校生——少年たちの感情をいきいきと描く表題作等、小動物や子供が活躍する童話16編。

天沢退二郎編
# 新編 宮沢賢治詩集

自己の心眼と森羅万象との絶えざる交流と融合とによって構築された独創的な詩の世界。代表詩集『春と修羅』はじめ、各詩集から厳選。

河盛好蔵編
# 三好達治詩集

青春の日の悲しい憧憬と、深い孤独感をたたえた処女詩集「測量船」をはじめ、澄みきった知性で漂泊の風景を捉えた達治の詩の集大成。

亀井勝一郎編
# 武者小路実篤詩集

平明な言葉、素朴な響きのうちに深い人生の知恵がこめられ、〝無心〟へのあこがれを東洋風のおおらかな表現で謳い上げた代表詩117編。

福永武彦編
# 室生犀星詩集
幸薄い生い立ちのなかで詩に託した赤裸々な告白――精選された187編からほとばしる抒情は詩を愛する人の心に静かに沁み入るだろう。

与謝野晶子著
鑑賞／評伝 松平盟子
# みだれ髪
一九〇一年八月発刊。この時晶子22歳。まさに20世紀を拓いた歌集の全399首を、清新な「訳と鑑賞」、目配りのきいた評伝と共に贈る。

亀井勝一郎著
# 大和古寺風物誌
輝かしい古代文化が生れた日本のふるさと大和、飛鳥、歓びや苦悩の祈りに満ちた斑鳩の里、いにしえの仏教文化の跡をたどる名著。

夏目漱石著
# 倫敦塔《ロンドンとう》・幻影《まぼろし》の盾《たて》
謎に満ちた塔の歴史に取材し、妖しい幻想を繰りひろげる「倫敦塔」、英国留学中の紀行文「カーライル博物館」など、初期の7編を収録。

三木清著
# 人生論ノート
死について、幸福について、懐疑について、個性について等、23題収録。率直な表現の中に、著者の多彩な文筆活動の源泉を窺わせる一巻。

小林秀雄著
# モオツァルト・無常という事
批評という形式に潜むあらゆる可能性を提示する「モオツァルト」、自らの宿命のかなしい主調音を奏でる連作「無常という事」等14編。

柳田邦男著

言葉の力、生きる力

たまたま出会ったひとつの言葉が、魂を揺さぶり、絶望を希望に変えることがある——日本語が持つ豊饒さを呼び覚ますエッセイ集。

石原千秋監修
新潮文庫編集部編

新潮ことばの扉
教科書で出会った名詩一〇〇

ページという扉を開くと美しい言の葉があふれだす。各世代が愛した名詩を精選し、一冊に集めた新潮文庫100年記念アンソロジー。

穂村弘
堀本裕樹著

短歌と俳句の五十番勝負

詩人、タレントから小学生までの多彩なお題で、短歌と俳句が真剣勝負。それぞれの歌と句を読み解く愉しみを綴るエッセイも収録。

白洲正子著

私の百人一首

「目利き」のガイドで味わう百人一首の歌の心。その味わいと歴史を知って、愛蔵の元禄時代のかるたを愛でつつ、風雅を楽しむ。

谷川俊太郎著

夜のミッキー・マウス

詩人はいつも宇宙に恋をしている——彩り豊かな三〇篇を堪能できる、待望の文庫版詩集。文庫のための書下ろし「闇の豊かさ」も収録。

谷川俊太郎著

ひとり暮らし

どうせなら陽気に老いたい——。暮らしのなかでふと思いを馳せる父と母、恋の味わい。詩人のありのままの日常を綴った名エッセイ。

# 新潮文庫最新刊

畠中恵著
## もういちど
若だんなが赤ん坊に!? でも、小さくなっても頭脳は同じ。子ども姿で事件を次々と解決! 驚きと優しさあふれるシリーズ第20弾。

朱野帰子著
## わたし、定時で帰ります。3
―仁義なき賃上げ闘争編―
生活残業の問題を解決するため、社員の給料アップを提案する東山結衣だが、社内政治に巻き込まれてしまう。大人気シリーズ第三弾。

門井慶喜著
## 地中の星
―東京初の地下鉄走る―
大隈重信や渋沢栄一を口説き、知識も経験もゼロから地下鉄を開業させた、実業家早川徳次の波瀾万丈の生涯。東京、ここから始まる。

古川日出男著
## 女たち三百人の裏切りの書
読売文学賞・野間文芸新人賞受賞
源氏物語が世に出回り百年あまり、紫式部が怨霊となって蘇る!? 嘘と欲望渦巻く、女たちの裏切りによる全く新しい源氏物語――。

望月諒子著
## 大絵画展
日本ミステリー文学大賞新人賞受賞
180億円で落札されたゴッホ『医師ガシェの肖像』。膨大な借金を負った荘介と茜は、絵画強奪を持ちかけられ……傑作美術ミステリー。

玉岡かおる著
## 帆神
―北前船を馳せた男・工楽松右衛門―
新田次郎文学賞・舟橋聖一文学賞受賞
日本中の船に俺の発明した帆をかけてみせる――。「松右衛門帆」を発明し、海運流通に革命を起こした工楽松右衛門を描く歴史長編。

# 新潮文庫最新刊

清水 朔著
**奇譚蒐集録**
—鉄環の娘と来訪神《オトナイサマ》—

信州山間の秘村に伝わる十二年に一度の奇祭、首輪の少女と龍屋敷に籠められた少年の悲運。帝大講師が因習の謎を解く民俗学ミステリ！

喜友名トト著
**だってバズりたいじゃないですか**

恋人の死は、意図せず「感動の実話」として映画化され、〝バズった〟……切なさとエモさが止められない、SNS時代の青春小説！

川添 愛著
**聖者のかけら**

聖フランチェスコの遺体が消失した——。特異な能力を有する修道士ベネディクトが大いなる謎に挑む。本格歴史ミステリ巨編。

角田光代
河野丈洋著
**もう一杯だけ飲んで帰ろう。**

西荻窪で焼鳥、新宿で蕎麦、中野で鮨、立石ではしご酒——。好きな店で好きな人と、飲む酒はうまい。夫婦の「外飲み」エッセイ！

森田真生著
**計算する生命**
河合隼雄学芸賞受賞

計算の歴史を古代まで遡り、先人の足跡を辿りながら、いつしか生命の根源に到達した独立研究者が提示する、新たな地平とは——。

ふかわりょう著
**世の中と足並みがそろわない**

強いこだわりと独特なぼやきに呆れつつ、くすりと共感してしまう。愛すべき「不器用すぎる芸人」ふかわりょうの歪《いびつ》で愉快な日常。

運命のいたずらから……といってしまえばそれまでだが、我々の人生にはふとしたことから思いがけない方向へ進んでしまう場合がある。
（以下略）

罠の夜　　　　　　　　　　　　訳　中田耕治

闇のジェニイ　　　　　　　　　訳　田中小実昌

キャリコ・シューズ　　　　　　訳　田中小実昌

人殺しなどキライ　　　　　　　訳　Ｃ・中野圭二

闇の声　　　　　　　　　　　　訳　Ｍ・瀬戸口順一

新潮文庫版書下

Author : Paul Marie Verlaine

# ヴェルレーヌ詩集《ししゅう》

新潮文庫　ウ - 1 - 1

昭和二十五年十一月二十五日　発行
平成十九年七月二十五日　六十刷改版
令和五年十二月十日　六十六刷

訳者　堀《ほり》口《ぐち》大《だい》學《がく》
発行者　佐藤隆信
発行所　株式会社新潮社

郵便番号　一六二―八七一一
東京都新宿区矢来町七一
電話　編集部(〇三)三二六六―五四四〇
読者係(〇三)三二六六―五一一一
https://www.shinchosha.co.jp

価格はカバーに表示してあります。



印刷・三晃印刷株式会社　製本・株式会社植木製本所


ISBN978-4-10-217101-1 C0198